高井貞二

挿絵叢書5

末永昭二編

皓星社

高井貞二

序

大正昭和期挿絵画家の画業を撰集する「挿絵叢書」が刊行される。

さしえ、と平仮名でしるせば、あるいは物語に寄り添うような優しさが感じられるかもしれないが、「さす」の語は、指さす、差し挟む、突き刺す、などにも連なる。先の尖った異物を突き入れる、凶暴さを持った言葉である。挿絵が原作を歪める、挿絵が読者の自由な想像を阻む、という議論をしばしば耳にするのも、いわば刺客に対する警戒の現れかもしれない。

だが物語や想像力という得体の知れぬエネルギーが、歪められ、阻まれることで力を失うものでもあるまいし、むしろ、挿絵によって物語が生命を与えられ、挿絵によって読者の想像力が翼を持ち、挿絵の刺激で作家もまた新たな物語を創造する、そのような多重の刺激の交響する文化システムの中にこそ私たちは生きているのであって、それは豊かで、幸せなことであるはずだ。

挿絵を刺客とする比喩を続けるならば、倒すべきさまざまな敵があるように、刺客の側にもそれぞれに個性的な輝きがある。挿絵が原作の従属物ではなく、独立した芸術であることは既に共通理解となっていよう。だがその芸術性とはいかなるものか。

時代を彩った名作挿絵については、今日、各画家の画集や挿絵全集に収録され、我々はそれを静かに鑑賞し、至福の時間を味わうこともできる。しかし挿絵のみを単独で見る時と、小説を読みながら挿絵を見る時とでは、私たちの視線の動き、頭脳や心の動きはまったく異なるはずだ。そして挿絵が刺客であるならば、真に刮目すべきは敵を前にしたその一瞬ではないか。

「挿絵叢書」の挿絵は、可能な限り発表当時のレイアウトに近づけ、小説とともに収録されるという。これに加うるにデジタル技術による鮮明化は、小説と絵とが出会う瞬間を読者の前に現出するだろう。また「挿絵叢書」は、必ずしも傑作小説集を目指さず、あくまで挿絵の魅力を堪能しうる作品を選び、時として文章の梗概化などによるバランス調整も行うと聞く。これも挿絵を主役に据えるための演出と言えるだろう。

挿絵を主役の位置に据えることは、しかし必ずしも物語を背景に追いやることにはなるまい。再び挿絵という言葉に戻るならば、「挿」という漢字は手偏に苗の会意文字で、大地に苗を植える姿を表す。植えられた苗は大地を養分として成長し、花を咲かせ、実りをもたらす。その実りをもたらしたものが大地なのか苗なのか、豊穣の秋には渾然もはや分明ではなかろう。

浜田雄介（「新青年」研究会）

目次

当世《とうせい》やくざ渡世《とせい》

久山千代子《ひさやまちよこ》

当世やくざ渡世

久山千代子

一

女学校を出ると直ぐ職業を探しはじめたけれど、気に入った職業なんてなかなか無かった。たまに有ることは有っても、採用の一歩手前ってとこで、きまって故障が入った。

最近には、東都ホテルのガイドに応募した。試験はちっとも難しくなかった。試験委員は大変私が気に入ったようだった。

「ところで御家族は？」まん中にいた支配人らしい人が、にこにこしながら訊いた。

「姉《ねえ》さんと二人です」

「久山秀子《ひさやまひでこ》と言ゃァしないかネ?」突然、末席にいたお雇い刑事みたいな男が口を出した。

「はァ。辞典の編纂事業に関与《たずさ》わっています」私の将来を考えて、姉さんは三年前からチンピラ職業《しょうばい》をサラリと止めてる。私は威張ってやった。

「フン」刑事みたいな男が鼻で笑った。それからのそのそ支配人らしい人のとこへ立って行って、何やら耳打ちした。

翌日ホテルから、（都合により採用を見合わせる）旨の返事が来た。


「ハハハハ。また落第だって」私は、朗らかな気持で報告した。

「いいさ、遊んでりゃ」姉さんの方も一向平気で、「そのうち何ンか有るだろ」

「私立探偵の助手なんての、無いかしら?」

「本気——そりゃア?」

「うん」

「姉さんが心懸けといてやろか?」

「素敵ッ!」私は躍り上った。「きっと、お姉様、頼んだわ」

それから数日たって、外出先から帰った姉さんが、京橋《きょうばし》のあるビルディングに（探偵助手入用）の貼紙が出ていることを教えてくれた。早速、次の日の正午過ぎに行って見ると、それは貸事務所として建てられた粗末なビルディングで、貼紙を出してる探偵事務所はビルディングの三階にあった。開設匆々《そうそう》らしく、表札さえも出ていなかった。

主人はまだやっと二十五六の、およそスマートな、小柄な美しい青年だった。瘦身長軀のシャアロック・ホウムズを想像していた私は、いささかがっかりした。

先方《むこう》でも意外に感じたらしい。

「まさか御婦人の方が見えようた思いませんでした。しかし」主人はこんな言い方をした。「現代の日本の社会に於て、吾々《われわれ》の所に持ち込まれる仕事は、どうせ結婚の身元調査くらいが関の山なんでしょうから、かえって婦人の方の方《ほう》がいいかも知れませんネ」

それからこんな事も言った。

「御覧の通りここには私一人しかいないんですから、貴嬢《あなた》に来て戴くとすれば、助手としての仕事の外に、ここの整理万端やって戴きたいんですが、お出来になりましょうか?」

「出来ると思います。姉さんも私のことを、職業婦人よか細君になった方が似合うなア――ッて言ってるくらいなんですから」私は自信をもって言った。実際今までも、姉さんは私達二人の生活を支えることに忙しかったので、主婦としての仕事は私の受持ちだった。

「ホウ。お姉様がお有りなんですか。貴嬢のお姉様なら、さぞお綺麗でしょうネ?」

「私なんかとても及びもつきませんわ」私は正直なところを言った。

「お姉様は、もうどちらかへお嫁《かたず》きですか?」

「いいえ、変態だからお嫁になんか行かないでしょ」

「ハハハハ。そんな事を言うと、お姉様に叱られますよ」

「聞えましたらネ。でも聞えっこないから、安心ですわ」

「案外そうでないかも知れませんよ。壁に耳ありって言いますから」主人は愉快そうににこにこしながら、「ところでどうでしょう、お姉様は吾々の仕事を手伝っちゃ下さらないでしょうか? 実は貴嬢の外に、も一人助手が欲しいと思ってるんですが、貴嬢にしても気心の知れない人と一緒に仕事をするより、お姉様と御一緒の方が、何かにつけて御便利だろうと思いますけれど……」

「そうですねエ。話して見ましょう。姉さんはまるで探偵に生まれついたような人ですから」

「ホウ! そうですか。じゃ私は、お姉様に位置を譲りますかナ」そう言ったかと思うと、主人はツト立ち上って、隣室に入った。

一分――二分――。水道の栓を捻ったらしい水音。パチャパチャと乱暴な水遣い。

と思う間もなく、境のドアがサッと開いた。

「どうだい、千《ち》ィ公《こう》」

「まァ姉さん！」

「ハハハハ。相当なもンだろ」

「巧いわねェ」私は心から感嘆した。

二

「千ィ公。そこの壁に立て掛けてある、板の包装を解いてちょうだい」姉さんは相変らず人使いが荒い。

「何ァに　これ？」私は訊いて見る。
「玄関に懸けとく看板。千ィ公が来る一寸《ちょっと》前に出来て来たんだ」
「それで安心した。先刻《さっき》は、このビルディングは姉さんに教わってたから直ぐ分ったけれど、（探偵助手入用）って貼紙しか出てないんだもの、心細かったわ」
包装がバラリと落ちた。立派な檜《ひのき》の板に見事な筆跡で――隼《はやぶさ》探偵局――

私はそれに眺め入っている中《うち》に、希望に胸が躍り出した。

「早く依頼者が来ないかなァ」思わず呟く。

「看板くらいで依頼者が来るものか」姉さんが私の夢を叩ッ切った。

「二人でチンドン屋になって、広告をして歩くんだ」

「チンドン屋に?」

「ハハハハ。嘘だい。だけど広告は、明日の新聞に出るはずなの。ところで千ィ公は、玄関番の爺さんを呼んで、その看板を懸けるように言いつけて、それが済んだら新聞の中から参考になりそうな記事を何ンなりと切り抜いて、整理してちょうだい。それが隙な時の千ィ公の仕事。分って?」

「ええ」

「じゃ姉さんは、また男になって来よう」言い残して隣室に入った。

私は命令通り看板の方を終ると、新聞の切り抜きに取りかかった。

「何ンか面白いこと有った?」姉さんが先刻のモダン・ボーイになって出て来た。

「こんなのどうかしら?――自殺ってことで、解決は着いてるんだけれど」

「読んで御覧」

私は新聞を取り上げた。それには「不良団長のピストル自殺」という標題《みだし》で、次のような記事が載っていた。――


昨十四日朝、渋谷《しぶや》署の阿部刑事が道玄坂《どうげんざか》通行中、突然通称「銀行の勘」こと尾崎勘太《おざきかんた》に呼止められた。勘の申し立てによると、その朝彼が親分の「渋谷の伝《でん》」を訪ねたところ伝が死んでいたというのである。折よく通り合せた本誌記者は、勘の案内で、刑事について農大に近い伝の家に行った。彼は本名を渡辺伝助《わたなべでんすけ》と言って、当時売り出しの与太者《よたもの》であるが、変り者で、常に淋しい一軒家に孤独な生活を送っていたのである。もっともこれは、彼一流のあくどい犯罪を行うのに便利だった為かも知れない。

伝は、粗末な丸テーブルと椅子が三脚以外何も無い八畳に、床の間の角に後頭部を打《ぶ》つけて仰向けに倒れていた。椅子に掛けたまま後に倒れたものらしく、テーブルは蹴返《けかえ》されていたが、外の二脚の椅子には別状は認められなかった。

右手に堅くピストルを握っており、弾丸《たま》は二発発射されて、一発は右肩を貫通し、一発は天井に中《あた》っていた。右の掌には少量の血が付いていて、従ってピストルには明らかに彼自身の指紋が見られた。

又テーブルには血が流れており、それに右手が触れたらしく、ピストルに有ると同様の指紋が、微かながらテーブルにも付いていた。

恐らく警視庁が現に努力しつつある年末を控えての不良団検挙により、相当名を知られた親分だけに彼に対しては追求の手も厳しく、遂に自殺するに至ったものと思われる。弾丸が一発天井に中《あた》っているのは、いざ自殺となって、気臆《きおく》れがした結果ではなかろうか。

因みに警察医の推定によると、死因は後頭部を床の間の角で打ったことで、時間は午前二時前後とのことである。

私が読み終るのを待って、にやにやしながら姉さんが言った。

「千ィ公は、その伝とかって人間が、どういう順序で自殺したと思う?」

「そうねエ。……一発目は気臆れがして天井に当って、二発目で肩を射って、後に倒れて頭を床の間にぶつけたんじゃないかしら」

「新聞記者もそう考えたらしい。だけど千ィ公。テーブルの血は、その記事からだけじゃ、肩の傷から流れた、と考えなきゃならないだろ?」

「ええ」

「そしてそれに手が触って、その手でピストルを握った、――って事になりゃしないかしら?」

「そうねエ」

「とすると、肩を射って・更にピストルを取り直して・天井を射って・倒れたか。でなければ、天井を射って・肩を射って・更にピストルを取り直して・倒れたことになるよ」

「それじゃ可笑《おか》しいわ」

「うん」

「そうすると、自殺じゃないの?」吾知らず大きな声を出した。

「シッ!」と姉さんが制した。「誰か来るようだ」

足音が、ドアの前で止った。ノックしてる。姉さんが声をひそめた。

「他人《ひと》の前では姉さんなんて言うんじゃないよ。……(先生)ってお言い」

私は黙って頷いた。

「その代り姉さんも千ィ公のことを(千代子さん)て尊敬してやるから。サァ、行って開けてお上げ」

三

入って来たのは、立派な服装をした青年紳士だった。その美しい顔の面《おもて》には、心中の懊悩《おうのう》が色濃く現れていた。

青年は初めモダン・ボーイ然たる姉さんがこの隼探偵局の主人であることを知ると、いよいよ落胆したように見えた。しかし探偵隼氏の巧な推測やら誘導やらによって、仕舞いには全幅の信頼を表しながら、行方不明になった婚約者の捜索を依頼するのだった。彼氏の言葉を要約すると、――

青年は名を久保田利夫《くぼたとしお》と言って、父は知名の実業家だった。

久保田氏は数ケ月前から、新宿のコロン・ダンスホールの待鳥珠子《まちどりたまこ》という可憐なダンサーと、恋を語るようになった。そして二人の恋は最近に至って正式の婚約にまで進展した。――もっとも久保田氏の親戚一同は、二人の恋愛には絶対に反対だったのであるが、二人の間の濃度が、遂に彼らに匙《さじ》を投げさしたのである。

ところが婚約成立頃から、珠子の容貌に一抹の暗影がさすようになった。珠子自身はそれを否定したにもかかわらず、暗影はかえって一日一日と濃くなるようにさえ見えた。

さて一昨々日のこと。珠子は久保田氏から買って貰った気に入りの真珠の首飾りを、していなかった。そして久保田氏がきくと、(今日は忘れて来た)と言って、寂しく微笑んだ。ところが一昨日《おととい》も又していなかった。久保田氏には、そこに何か後暗い理由があるような気がしてならなかった。

二人は、奥歯に物のはさまったような気持で踊りはじめた。踊っている中に、気持はいよいよ侘しく白《しら》けて行った。と、突然、珠子の調子が乱暴になった。むしろ気狂いじみて来た。

次の踊りには、珠子は久保田氏の申し出《いで》を断った。久保田氏は憤慨するよりも心配するよりも、むしろ呆れて、他のダンサーに手を差し伸べた。

バンドが一回を奏し終った。ふと気がつくと、珠子の姿が見えない。

久保田氏はお茶でも飲むつもりで、しかし心の奥では珠子を探したい気持も手伝って、ダンスホールの下の喫茶店へ降りて行った。

が、喫茶店の敷居を跨《また》ぐか跨がない中に、久保田氏の足は釘付けになってしまった。——隅のテーブルに珠子と、このホールでも時々見かける見るからに不良じみた青年とが、顔を突き合わして向い合っているのである。

久保田氏は目先がまっ暗になった気持で、街に蹣跚《よろめ》き出た。そしていきなりバーに飛び込んで、ウイスキーを立てつづけに煽《あお》った。

そこを出た時は、足元も定まらない程に酔っていた。と、目の前を通る自動車の窓に、珠子の姿が見えた。——あるいは酔眼の迷いだったかも知れない。しかし彼女に並んで、先刻の不良青年の顔が見えたような気もするのである。

それ以来珠子は、自分のアパートにも帰らなければ、コロンにも顔出しをしない。

隼氏はなお、珠子と話していたという不良青年らしい男の容貌風采《ふうさい》を、精《くわ》しく尋ねた。そして珠子のアパートの番地を控え、珠子の写真を預った上、(数日中には必ず探し出してお目にかけますから)と、慰めながら、久保田氏を送り出した。

私は玄関まで久保田氏について行った。それから足取りも軽く、吾々の事務室に帰って来た。

「姉さん。看板を出すと早速お客様が有ったじゃないの」

「うん」姉さんはテーブルの上の見慣れない紙幣《かみ》入を高く投げ上げた。落ちて来るところをパチンと受け止めて、「いい幸先《さいさき》だ」

「いい幸先だなんて、ほんとに数日中に探し出せる当《あて》、姉さんには有るの？」

「そんなものが有るもンか。でも千ィ公が働けば、何ンとかなるだろ」

「無論働くわ。どうすればいいの？」

「先ずコロン・ダンスホールへ行って、珠子さんが喫茶店で話してたっていう不良青年が誰だか、聞き出して来るんだ。あそこで時々見る顔だってから、マネージャーやダンサーは大抵知ってるだろう。そして其奴《そいつ》が、一昨日の晩珠子さんと一緒に帰ったか、どうかもネ」

「私なんかに話してくれるかしら？」

「巧く釣り廻して御覧。久保田氏には話さなくったって、女の千ィ公にならら、分ってりゃ話すさ。何ンだったら、ダンサーを志願するような風《ふり》をして見るといい」


姉さんからバンドを入れられて、案じながらも、私は単身コロン・ダンスホールに乗り込んだ。しかし案じるより生むが安かった。私は間もなく意気揚々として引き返して来た。

「どうだったい？」姉さんが待ちかねたように聞く。

「千ィ公万歳だい」私はいばった。「やっぱり珠子さんと一緒にホールを出たんだって……」

「それで身元は？」

「銀行の勘」

「エッ！」

「覚えてるでしょ？」

「うん。渋谷の伝一家の……」

「ええ。先刻新聞で読んだ……」

姉さんは大いに私の働きを褒めてくれた。

「じゃ姉さんが着換えて来るまで千ィ公はしばらく休養しておいで」と言い残して隣室に入った。

再び出て来た時には、一見ダンサー風の、小粋な美人になっていた。

四

姉さんはそれから、二三ケ所のダンスホールに電話をかけた。その結果、人形ダンスホールでは、誰も「銀行の勘」なんて与太者を知らないことを確《たしか》めた。

「さァ、出かけよう」姉さんは元気よく立ち上った。「今夜はあたし達、待鳥珠子さんの友達の、人形ダンスホールのダンサーなんだよ」

私達は近所で簡単な夕食をすまして、牛込の待鳥さんのアパートへ行った。しかし待鳥さんはやはり帰っていなかったし、他に何ンの得る所も無かった。で、帰る積りでアパートを出ると、そこでハンチングを頭に載っけた、見るからに与太者然とした青年に、バッタリ出会った。私は吾知らず姉さんの手を取った。久保田氏から聞いた、そしてコロン・ホールで聞いた、「銀行の勘」そっくりの風采だ。

しかし姉さんは、私よかもっと早く気付いたのかも知れない。咄嗟《とっさ》に、

「勘ニイさん」と声をかけた。

「おう」対手は不意を喰って、「君達は？」

「珠ちゃんの仲良し。今は人形ホールに出てるの。ニイさんは、何処かで二三度お見かけしたこと有るわ。ねェ？」と私を見返る。私も相槌を打った。

「そうか。こりゃア見忘れて済みません」勘は相好《そうごう》を崩しながら、「珠子いた？」

「いないわ。ニイさん、どこへ隠したの？」

「エッ？」

「白ばっくれてるわ。一昨日の晩、どこへ連れてったのよォ？」

「ありゃア伝兄貴に頼まれて、兄貴のとこへ送ってっただけだ」

「そう言えば、伝ニイさんも飛んだことだったのネ」

「ウウン」勘は変にドギマギしながら、「もっとも俺は、

十二時には兄貴ンとこを出たんだ。珠子だけ残して」

「伝ニイさんはどうして自殺なんかしたの？」

「俺にも分らねエ。だけど珠子に会ったら分るかと思ってネ、それでしきりと探してるんだ」

「そう。実はこの人」と姉さんは私を見て「少し心当りが有るのよ」

冗談じゃない。私何ンにも知りゃアしないのに！　果して勘は私に向って来た。

「君、珠子の居所知ってンの？」

「だけど、往来じゃちっと言いにくいの」姉さんが助け舟を出した。「どこかでお茶でも飲まない？」

こうして私達三人は、伝一家の会合所だという神楽坂のカフェーに入った。

「いよォッ」いきなり隅の方のテーブルから、私達に呼びかけた者がある。勘と違って、キリッと締った顔立ちの小粋な青年だ。姉さんと私の方へ微かに顎《あご》をシャクって、

「誰?」と、勘に聞く。

「珠子の友達」勘は私達を引き連れて、いささか得意だ。「珠子のアパートで合ったんだ」

「珠子のアパートで? オイ、勘。弱い者苛《いじ》めはいい加減にしろよ」

「人聞きの悪いことを言うなよ」

「だって兄貴と一緒に、珠子を強請《ゆす》ったじゃねエか。手前エの口から言ったんだぜ」

「アラ! 珠ちゃんは伝ニイさんのものじゃなかったの?」

姉さんが割って入った。

「大違い」小粋な青年が引取った。「珠子に結婚話が持ち上ったのを嗅ぎつけて、一寸した紙っ切を材《た》料《ね》に、兄貴が絞ってたんです。絞ったのが品物の場合は、こいつが処分したんです」

「そりゃア兄貴、仕方がないよ。銀行は俺の役だもの」勘がポンと質屋の通いをテーブルの上に抛《ほう》り出した。「しかし今度ァ、俺自身が、珠子から草鞋銭《わらじせん》を借りてもいい訳が有ると思うんだ」

「さては手前ェ、兇状《きょうじょう》持ちになったナ。兄貴を殺《や》ったなァ、勘、手前エじゃア無エか?」

「じょ、じょう談言うなよ。あの晩は十二時頃に、ここでお前エに会って、兄貴から渡された宝石入り

の指輪と、エンゲージ・リングを見せたじゃアねエか?」

「しかし一時頃に別れてから後は、俺は知らねエ」

「そりゃアお互いじゃアねエか」

「ハハハハ。むきになるなよ。冗談だ。だが、どうして珠子から草鞋銭を借りる訳が有るんだい?」

「材料の手紙が無くなってるンだ」「手紙がッ!」

「手紙って、何ァに?」姉さんが何方《どっち》にともなく聞いた。

「そもそもこいつが珠子から巻き上げたんです」勘が得意になって小粋な青年をシャクった。

「酷いニイさんねェ。何ンて仰《おっし》ゃるの?」姉さんが咎《とが》めた。

「(アパカツの芳《よ》っちゃん)てんです」勘が代って説明した。

「凄いのねエ」私は思わず感嘆する。

「それでいて、どうして珠ちゃんから手紙を取ったりなんかしたの?」姉さんが訊いた。

「手厳しいなァ」芳っちゃんは一寸頭を掻いて、「君達が珠子の友達なら、罪滅しに懺悔するか」そう言って話し出した。


それは去年の初夏の宵だった。コロン・ホールに入った芳っちゃんは、皮膚の美しい笑顔の寂しいダンサーに向って、ツイと手を差し出した。それが珠子だった。芳っちゃんは踊っている中に、

なぜか可憐《いじら》しさが胸いっぱいになって、

――何を沈んでいるの？――と囁《ささや》いた。

――お金が欲しいの。お母ァさんが、病気してるのよ。――

上着のボタンを外した芳っちゃんの胸を、女の張り切った乳房が、さっきから擽《くすぐ》っていた。

――お母ァさんじゃなくて、子供だろ。――

――いやなニイさん。本当はそうなの。里親から手紙が来てるの。――

芳っちゃんの心に、持ち前の侠気《きょうき》がむらむらと沸き上った。芳っちゃんは一ト踊り済むと、ホールの下の喫茶店にとぐろを巻いていた渋谷の伝の所へ降りて行った。伝の懐中には、主として芳っちゃんの働きによって、その日はかなり纏《まとま》った金が入っているはずだった。芳っちゃんが事情《わけ》を話して、幾らか借してくれるように頼むと、伝は懐中《ふところ》の金をそっくりそのまま投げ出した。

――廻り物だ。みんな持って行きねエ。その代り記念として、里親から来たって手紙を貰って来い。――

「あの時、こんな結果になると知ってたらなァ」芳っちゃんは話し終って、ほっと嘆息をついた。

「ニイさん本当に嬉しい気性ねェ」姉さんがとろけそうな目つきをしながら言った。「あたしと、踊って下さらない？」

「そうまっ正面からじゃアてれるなァ」それでも芳っちゃんは、ボーイに蓄音機を命じて立ち上った。姉さんの上手だことは知ってたけれど、芳っちゃんも決して劣らなかった。ただ勘だけは、あまり嬉しくもないらしい。小声で、私に、珠子さんの居所を追求するのだった。

と、その時レコードが終って、踊っていた二人は腕を組みながら、私達のところへ帰って来た。

「フォルステン・ビヤー」芳っちゃんが、景気よくボーイに呶鳴《どな》った。

姉さんがツト立ち上って、私をぐいぐい引っ張って隅の方へ連れてった。そして勘や芳っちゃん達に隠して、手紙のような物を渡しながら、

「この差出し人の所へ、勘を直ぐ連れておいで」

私は勘を誘った。姉さんが後から、抱くようにして、勘に外套を着せかけた。

五

私達が辿《たど》り着いたのは、三河島《みかわしま》のみすぼらしい一廓《いっかく》だった。「ここだわ」私は侘《わび》し気な荒物屋の表札を見上げて、勘にささやいた。二階で、赤ん坊をあやす声が聞えたような気がした。私達は二階へ駈け上った。と、やはりそこには、憔《やつ》れてはいるが美しい女が、可愛らしい赤ん坊を抱きしめて、震えていた。言うまでもなく珠子さんだった。珠子さんの言うところによると、——

一昨日の夜、勘が質草を持って出て行った後で、珠子さんは手紙を返してくれるように、熱心に伝に頼んだ。しかし伝は、既に珠子さんから散々絞り上げてるにかかわらず、決して手紙を返そうとはしなかった。珠子さんはほんの嚇《おどか》しの積りで、ピストルを向けた。

それは、かつてコロンに来た某国大使館附書記官から貰った品だった。珠子さんにして見れば冗談に請《ねだ》ったのであるが、書記官の方ではそれを真に受けて、弾丸を籠めたまま与えたのである。というような訳で、珠子さんはピストルの扱い方なんか知らなかった。偶然の機会でピストルは発射された。ハッとした時には、弾丸は既に伝の首だか肩だかに中って、伝はテーブルに突っ伏していた。

その時、珠子さんは玄関に足音がしたように思った。珠子さんはピストルをテーブルの上に置いたまま、台所から忍び出た。

「私は自殺するつもりで、その前にたった一ト目と思って、ここへ来たわ。でも、坊やの顔を見たら、もうもう死ぬ気なんか無くなっちゃった。私これから、一生の間、人殺しの罪を負って苦しみ抜くんだろうけれど、それでも生きていたい、死にたくない」涙がぽたぽた坊やの肩に落ちた。「生きていらっしゃいとも」ガラリ、襖《ふすま》を開けて、姉さんが入って来た。いつの間《ま》にかここへ来ていたものと見える。

Teiji

「だけど人殺しの罪なんか、背負《しょ》って歩かないだっていいわ」

「エッ?」

「君の前で、伝はテーブルに突っ伏したんだろ。だのにこのニイさんが発見した時には、テーブルを蹴返して、ま後《うしろ》に倒れていたのよ」勘は黙ってうなずいた。「それから君はピストルをテーブルの上に置いたんだろ。だのに伝はそれを握りしめて、おまけに天井を射ってたってじゃないの?」

「そりゃアそうだ」勘が唸るように言った。「しかし手紙が無くなってることも本当だ。そうしてあれが欲しいなァ、まァこの子」と珠子さんを見やりながら「ぐらいなもンなんだ」

「ところが実際は、他の人が持ってたのよ。そして今じゃあたし達の手に渡ってるの。千ィ公、先刻《さっき》渡した手紙を」私はカフェーを出る時、姉さんから渡された手紙を出した。

「アッ!」「これだ」

珠子さんと勘が同時に叫んだ。

「ところでニイさん」姉さんの調子がぐっと伝法《でんぼう》になった。

「伝を殺したのが珠ちゃんでないと分ったら、君はもう帰った方がいいだろう。もっとも銀行ともあろう者が、ここまで来て手ぶらでも帰れまいから、……ホラよ」ポンと質屋の通いを勘の前に投げ出した。

「こりゃア……」

「ハハハハハ。変な面《つら》するなよ。先刻外套を着せてやったら、お礼だって、あたしに借してくれたじゃァないか」

勘はバラバラと通いを繰ったが、

「ヤ！　首飾りと指輪を受け出したナ」

「それがどうしたってエの！　どうせ流すんじゃないか。だけど後腐れの無いように、珠ちゃんに代って草鞋銭とやらを上げようネ」姉さんは、私達の事務所で玩具《おもちゃ》にしてた紙幣入《かみいれ》から拾円札を二枚摘み出して、勘にやった。

「ほんとに私が殺したんじゃないんですか？」

「さっきも言った通り、手紙を持っていた人が伝を殺したんです」

「どこから手に入れたの、あれは？」私が聞いた。

「フフフフ。千ィ公は気がつかなかったかしら？」そう言って、姉さんは第一に勘が手紙のことを言い出した時の芳っちゃんの態度・第二に一昨夜勘と芳っちゃんとが一緒にいた時間・第三に去年珠子さんに対して示されたという芳っちゃんの無邪気で感傷的な俠気——という三つの事柄について、私の注意を喚起した。そして言葉を続けるのだった。

「そういう訳で姉さんは、芳っちゃんを相手に、千ィ公の手前も気恥かしいくらいな嬌態《きょうたい》を演じたんだ。そしてその結果は、問題の手紙がいつの間にか芳っちゃんのポケットから姉さんの手の中に飛び込んで、千ィ公の手に渡って、そして千ィ公と勘とをここへ案内することになったのサ」

「それで芳っちゃんは、手紙が無くなったことを、気がつかないでいるの?」「いや、千ィ公達が出ると間もなく、流石《さすが》に気がついた。そして姉さんに喰ってかかった結果は、あべこべに、自分が一昨日の夜二時前に、伝の家へ行ったことを自白しなきゃアならない事になっちゃった」

「では私の聞いた足音は、芳っちゃんだったんでしょうか?」

「そうです」「あの人、どこまで私に祟《たた》るんでしょう」

「そりゃア誤解です。芳っちゃんの言葉によると、去年貴女《あなた》から手紙を取ったのは兄貴分の伝の指金だったんだそうです。で、今度も、勘が質屋の通いをひけらかしながら得意になって喋るのを聞くと、一種の自責の念から、も一つは持ち前の俠気《おとこぎ》から、伝の所へ駈けつけたんです。ところが伝は、恐らく入って来た芳っちゃんを貴女と間違えたんでしょう、それとも何かの誤解だったか、ともかくも貴女が置いてったピストルを取るや否や、芳っちゃんに向って狙いをつけたんだそうです。そして(危いッ)と感じた時には、身体の方が一足先に伝の手元に飛び込んで、手は顎を突き上げ、伝はダウンしかけてたっていうんです。弾丸が天井に中ったのはその瞬間でしょう。芳っちゃんはそれから例の手紙を取ると、直ぐに帰って来たんだそうです」

「姉さん、それで芳っちゃんをどうしたの?」

「うっちゃらかしといたから、口笛でも吹いてるだろ。姉さんはそれからぎんこうへ行って、これを、引き出して来たんだ」そう言いながら、珠子さんの前に無雑作に掴み出した、——首飾りと宝石《いし》入りの指輪とエンゲージ・リングが、薄汚れた畳の上にキラリと光る。

「お金の方は仕方が無いけれど、品物は取り返しました」

「私、取り逆上《のぼ》せて、お礼言うのも、お名前伺うのも忘れてましたが、誰方《どなた》でいらっしゃいましょうか？」

「探偵隼って申します。こっちに居りますのが助手の千ィ公。今日久保田様から御依頼を受けました」

「やっぱりそうでしたか」珠子さんは微かに嘆息《ためいき》をつきながら、「久保田さんはすっかり御存じなんでしょうか？」

「貴女が行方不明になったことの外は、何ンにも御存じありません。ですから」姉さんは例の紙幣入から数枚の紙幣《しへい》を取り出した。「当座の養育費として此家《ここ》にこれを置いて、一ト先ず久保田さんの所へお帰りなさい。そしてゆっくり考えた上お子供さんのことは秘密にしとくなり、お話しになるなりなさいまし」

翌朝の隼探偵局。

テーブルを囲んで依頼者の久保田氏・久保田氏と婚約中の珠子さん・モダンボーイの探偵隼氏・それから助手の千代子嬢。珠子さんの顔には疲労の痕は見えるが、美しく輝いている。隼氏はツンと取り澄している。そして私千代子嬢は（自分じゃ見えないけれど、きっと）得意そうだろうと思う。

久保田氏が隼氏の方に感謝に満ちた目を向けた。

「失礼ですが報酬は……？」「昨日戴きました」隼氏が言う。

「昨日？　私全然覚えが有りませんが」

「いえ。お帰りになります時に、紙幣入共に戴きました。ここにチャンと有るから確かです」隼氏は昨日玩具にしていた例の紙幣入を取り出して、久保田氏の前に差出した。中味はまだ大分残ってるらしい。

久保田氏は世にも奇妙な顔をしてそれを眺めた。隼氏はツト立ち上った。

「では、何卒《どうか》御随意にお引き取りを」そして上目づかいに、いともうやうやしく会釈するのだった。

地下鉄《ちかてつ》サム

久山秀子《ひさやまひでこ》

地下鐵サム

久山秀子

「今日は来ねエのかなァ」マディソン広場《スクウェア》のお馴染のベンチに腰掛けていた「地下鉄サム」の口から、こんな言葉が漏れた。が、その瞬間、サムは柄にもなく顔を赤らめた。

「女嫌い」という日頃の自信を裏切って、いつかある女のことを思浮《おもい》べていたからだ。

「いよォ。掏摸《すり》の大統領」のっそり、一人の大男がサムの前に立った。紐育《ニューヨーク》の地下鉄で凄腕を振うサムを尾行廻《つけまわ》している、警察本部のクラドック探偵だ。

「チェッ」

サムは舌打ちした。

「誰かと思ったら、薄野呂《うすのろ》探偵か」

しかし探偵は、珍しくサムと無駄口を戦わそうとはしなかった。そして、

「大勢の女を手先に使ってるペテン師をフン縛ってやるんだ」

と言棄《いいす》てて、行ってしまった。

入代《いれかわ》りに、サムが心待ちにしていた娘が来て、同じベンチの端に淑《つつま》しやかに腰を下《おろ》した。と言ったところで、サムはまだこの娘とは口をきいたことすらなかった。ただ度々《たびたび》このベンチで出会うので、いつか心を引かれるようになったのである。

　サム達のベンチの前を、若い男女が縺《もつれ》合《あ》いながら通過ぎた。娘が微かに溜息をついた。

「貴女《あなた》今、溜息をつきなすったネ」サムは思切って話掛けて見た。娘はそれが嬉しかったらしく、はてはサムに、寄添いながら問われるままに、自分の身上《みのうえ》を話し出した。やはりサムの想像通り娘はか弱い腕で病身の父母と幼い弟妹《きょうだい》を養っているのだった。餓《うえ》はこの哀れな一家を脅《おびやか》していた。

任俠《にんきょう》の血がサムの身内で湧立った。

「一時間ばかり待っていねエ。銀行から貯金を引出して来てやるから」

サムのこう言ったのは嘘ではなかった。地下鉄のお客の蟇口《がまぐち》は、サムに取っては銀行に預けてある貯金にも等しかった。地下鉄に潜ったサムは、間もなく傲然《ごうぜん》と脹返《ふくれかえ》った紳士のお尻のポケットから、同じように脹れた蟇口を引っこ抜いた。

サムは娘の待っているベンチに取って返して、辞退する娘に、強いて蟇口を押付けた。

帰って行く娘の後姿に見惚《みと》れているサムの前に再び探偵がのっそり立ち現れた。

「サム。お前あの娘に何かやったようだね」

「へッ。旦那なんざァ馬に蹴られろだ」

「そりゃ蹴られてもいいがネ」探偵は、矢張《やはり》にやにやしながら、「しかし蹴られる前に、馴染甲斐《なじみがい》に忠告しとくんだが、サム、あの娘は屹度《きっと》俺が探しているペテン師の手先だぜ」

「お生憎様《あいにくさま》だ」サムは顎《あご》を掬《しゃく》った。「あれは当世稀な孝行娘でさァ」

「全くそうだよ。お前の鼻の下は、ほんとに当世稀な長さだよ。そういう男の鼻毛を読む為にね、あんな娘が、ペテン師の手で、紐育中にバラ撒かれたって話さ」

「ゲエッ」サムは跳上《おどり》った。そして血相変えて娘の跡を追って行った。探偵はそれを止めようともしないでにやにや笑っている。

サムに尾行《つけ》られているとは知らない娘は、とある街角に佇《たたず》んでいた一人の紳士の前につかつかと進んで、恭々しくサムから貰った蟇口を差出した。しかし紳士はそれを受取る代りに、怪訝《けげん》そうに自分のお尻のポケットに手をやった。

「おい」紳士が突然怒鳴った。「そりゃァ俺の蟇口だぞ」

成程そう聞いて見れば、サムにも見覚えがある。地下鉄でお近付《ちかづき》になった傲然と脹返った紳士に相違ない。サムはくすりと笑って、横を向いた。と、飾窓《ショーウインドウ》に自分の姿が映っている。サムは口をギュッと下に引いて世にも奇天烈《キテレツ》な面《つら》をした。そして言ったものである。

「なァに。おいらの鼻の下だって、クラドックの言う程長かねェや」

紅毛傾城《こうもうけいせい》

小栗虫太郎《おぐりむしたろう》

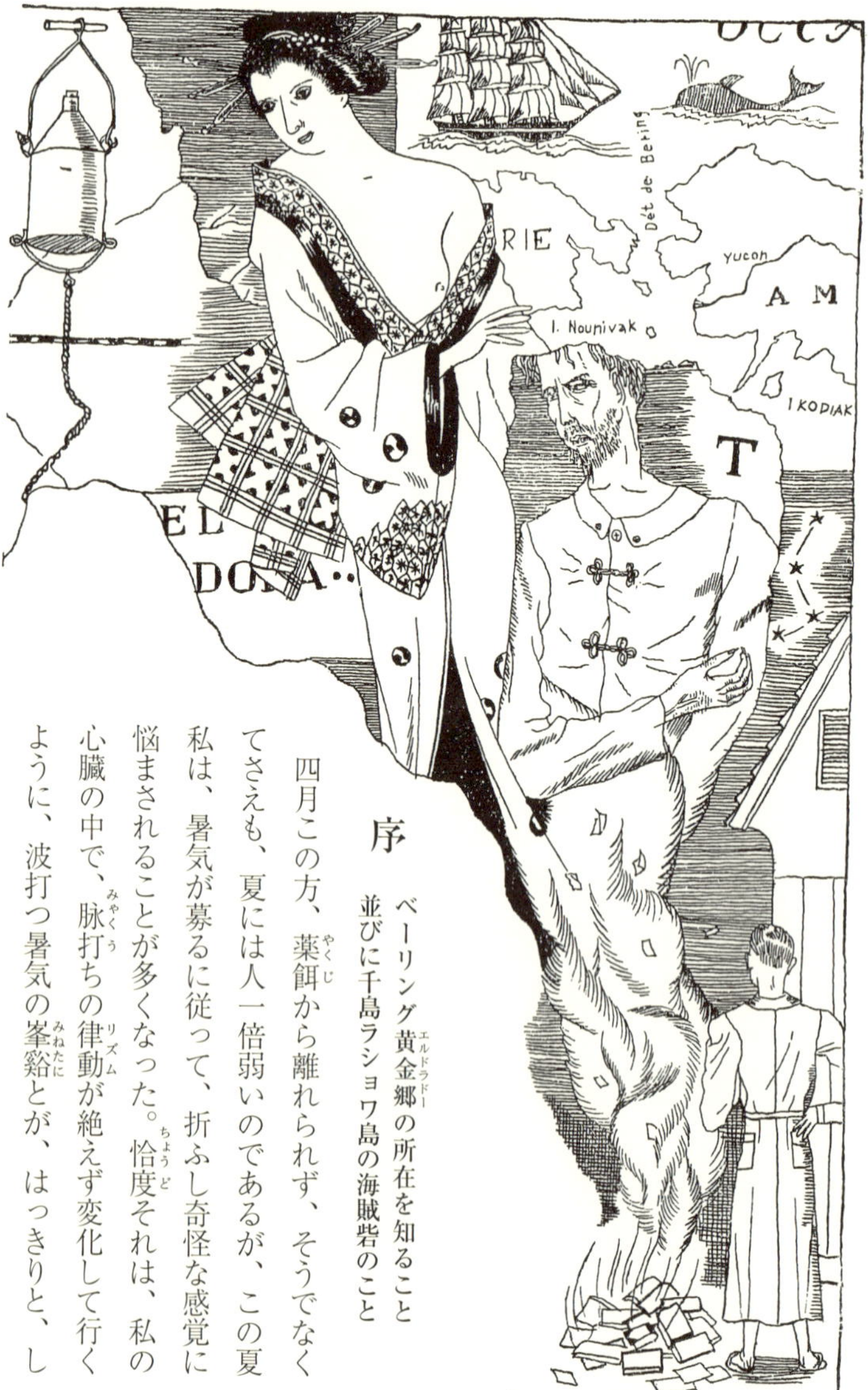

序

ベーリング黄金郷《エルドラドー》の所在を知ること
並びに千島ラショワ島の海賊砦のこと

四月この方、薬餌《やくじ》から離れられず、そうでなくてさえも、夏には人一倍弱いのであるが、この夏私は、暑気が募るに従って、折ふし奇怪な感覚に悩まされることが多くなった。恰度《ちょうど》それは、私の心臓の中で、脈打《みゃくう》ちの律動《リズム》が絶えず変化して行くように、波打つ暑気の峯谿《みねたに》とが、はっきりと、し

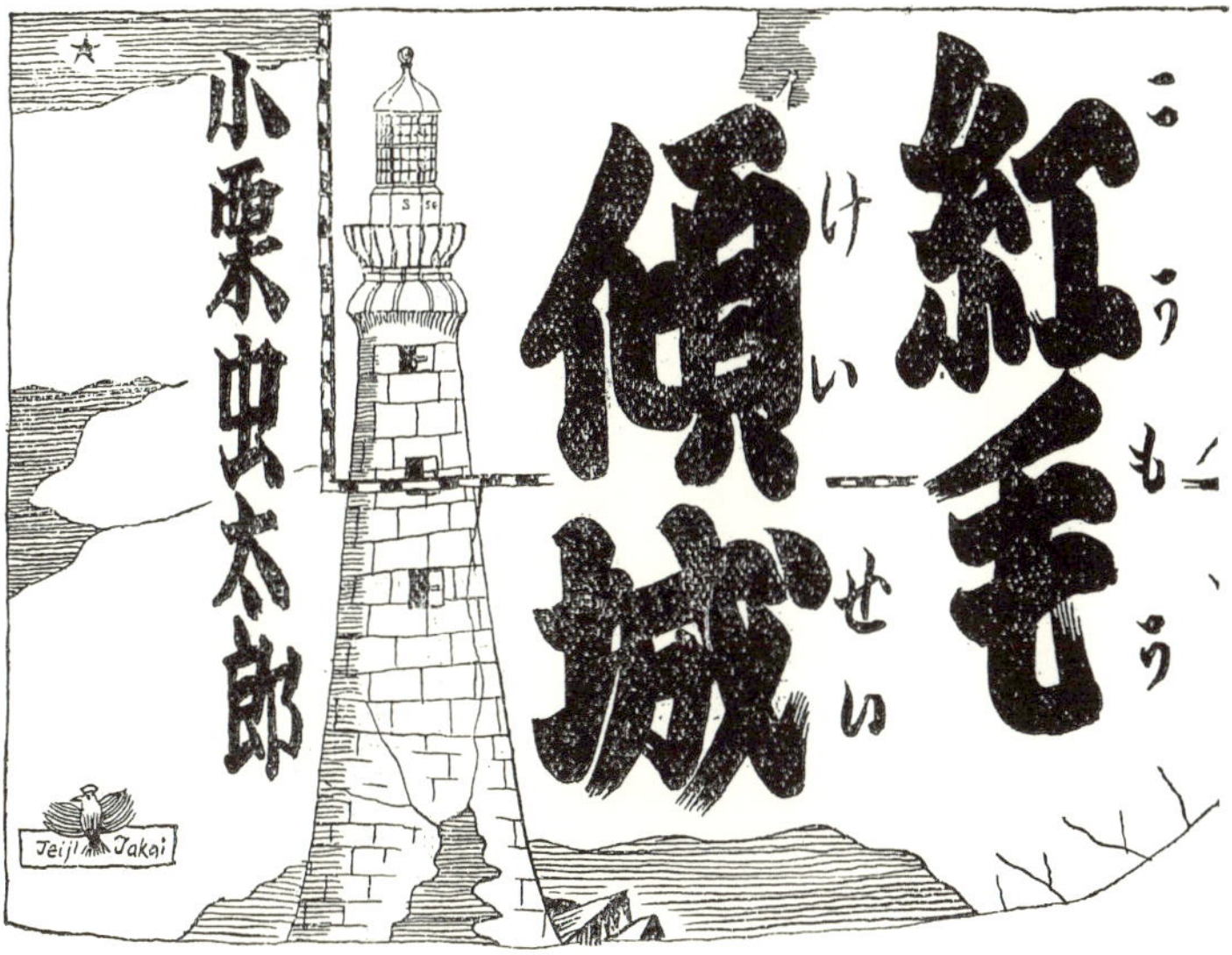

かも不気味にも知覚されるのであった。しかし、そうした折には、家人に命じて庭先に火を焚かせ、それに、不用な雑書類などを投げ入れるのである。それは、影像の楯《たて》を作って、ひたすら病苦から遁《のが》れんがためであった。そのようにして私は、真夏の白昼舌《はくちゅうした》のような火焔《かえん》を作り、揺らぎ上る陽炎《かげろう》に打ち震える、夏菊の長い茎などを見やっては、とくりともなく、海の幻想に浸るのが常であった。

ところが、ある一日のこと、ふとその焔《ほのお》の中で、のたうち廻る、一匹の鯨《くじら》を眼に止めたのである。そこで私は、全く慌てふためいて、手早く煨《おき》を蹴散らしながら、取り出した二冊の書物があった。ああ、すんでの事に私は、貴重な資料を焼き捨ててしまうところだった。表紙のないその二冊には、ただピーボディ博物館と云う、検印が捺してあるのみなので、軽率にも私は、取るに足らぬ目録の類いかと誤信して、そのまま書屑《しょくず》の中へ突っ込んでしまったらしいのである。

　しかし、そうして事新しく、その二冊を手にしたとき、これこそ、泥沼に埋れつつある石碑《いしぶみ》の一つだと思った。以前それは、合衆国マサチュセッツ州サレムにある、ピーボディ博物館の蔵書であって、著名な鯨画《え》の蒐集家、アランフォーブス氏の寄贈になるものであった。で、そのうちの一冊は、書名を「捕鯨行銅版画集《エッチングス・オブ・ホウエーリング・クルーズ》、附記、捕鯨略史《ウィズ・エ・ブリーフ・ヒストリー・オブ・ザ・ホウエール・フィッシャリー》」と云う、一八六六年の版、ジェー・アール・ブラウンと云う人の著書である。それには、ヨナと鯨の古版画を始めとして、それらに入れ交《かわ》り、勝川《かつかわ》春亭《しゅんてい》の「品川沖《しながわおき》之《の》鯨《くじら》高輪《たかなわ》より見《み》る之図《のず》」や、歌川國芳《うたがわくによし》の「七浦捕鯨之図《ななうらほげいのず》」「宮本武蔵巨鯨退治之図《みやもとむさしきょげいたいじのず》」などが挿入されてあった。しかし、真実の駭《おどろ》きと云うのは、もう一冊の方にあって、私は読み行くに従い、容易ならぬ掘出し物をしたことが分って来た。

　その方《ほう》は、ずうっと版も古く、書名を、「捕鯨船ブリッグ号難破録《ゼ・ホウエーリング・ディザスター・オブ・シップ・ブリッグ》」と云うのである。その船の名は、スターバックの「亜米利加《アメリカ》捕鯨史」にも記されている通りで、一七八四年の夏ボストンに、鯨油《げいゆ》六〇〇樽《バレル》を持ち帰ったのが、最初の記録だった。しかし同船は、その後一七八六年に、アリューシャン列島中のアマリア島で難破したのであるから、当然その一冊も、船長フロストの遭難記に外《ほか》ならぬのである。ところが、内容の終り近くになると、計らずも数頁《すうページ》の驚畏《きょうい》すべき記事が、私の眼を射った。それは、素朴そのままの、何ら飾り気のない文章で、七年振りに帰還した、土人《どじん》ナガウライの談話と銘打たれてある。しかし、読み行くにつれて、私の手は顫《ふる》え、脈が奔馬《ほんば》のように走り始めた。

何故なら、同人《どうにん》の見聞談として、最初まず、千島《ちしま》ラショワ島に築かれた、峨々《がが》たる岩城《いわしろ》のこと……、また、そこに住む海賊蘇古根《そこね》三人姉弟《きょうだい》のこと……、更に、その島を望んだヴィッス・ベーリング―― (註) が、兼ねて伝え聴きし、黄金郷《エルドラドー》こそこの島ならんか――と、その事実を、遺書にまで残したことなど、記されているのであるから。EL DORADO《エル・ドラドー》――それは遂にインカ族が所在を秘《ひ》し了《おお》せてしまったところの、まさに伝説中の伝説であった。かつて、西班牙《スペイン》植民史には、幻の華となって咲き、南米エセクイボの渓谷にあるとのみ信じられて、マルチネッはじめ、数千の犠牲《いけにえ》を呑み尽した黄金都市がそれである。だが、一体ベーリングは、何故その夢想の都市に、千島ラショワ島を擬しているのであろうか。ああ、どうしてのこと、熱沙《ねっさ》の中から、所在を氷海の一孤島に移しているのであろうか。

私も、読み終ると同時に、暫くの間は、熱気のほてりに茫然となっていた。しかし、黄金郷の所在――そう云う世紀的な謎を繞《めぐ》って、あの、ラショワ島の白夜《びゃくや》を悩まし続けた、血みどろの悲劇を思うと、なんだかこれを、実録として発表するのが惜しくなって来た。そして、泡よくば一篇の小説として、これを世に問いたい誘惑に打ち克ち兼ねてしまったのである。

(註) ベーリング――。事実はそうでないが、ベーリング海峡の発見者と云われる丁抹人《デンマーク》。一七四一年「聖ピヨトル号」に乗じて地理学者ステツレル、船長グレプニツキーと共に、ベーリング海峡を縦航したるも、十月五日コマンドルスキー群島付近において難破し、十二月八日壊血病にて斃《たお》る。その島をベーリング島と云う。

一、緑毛の人魚

つい一刻《ひととき》ほど前には、渚の巌《いわ》の、どの谷どの峯にも、じめじめした、乳のような海霧《ガス》が立ち罩《こ》めていて、その漂いが、眠りを求め得ない悪霊のように思われた。すでに刻限も夜半に近く、程なく海霧も霽《は》れ間を見せようと云う頃、ラショワ島の岩城は、いまや昏々と睡りたけていた。見張りの交代もほど真近と見え、魚油《ぎょゆ》をともす篝《かがり》の火が、繋がり合いひろがり合う霧の中を、のろのろと、異様な波紋を描きながら、上って行くのだった。すると、それから間もなく、何事が起ったのであろうか、ドドドドンと、けたたましい太鼓の音。それが、海波《かいは》の哮《たけ》りを圧《あっ》して、望楼《ぼうろう》から轟《とどろ》き渡った。

「慈悲太郎《じひたろう》、どうじゃ、見えるであろうな。あの二楼帆船《フリゲート》には、ベットの砲楼が付いて居るわい。ハハハハ、驚くには当らぬ、あれが軍船でのうて何じゃ。魯西亜《オロシア》も此度《こんど》こそは憤《おこ》り居《お》ったと見え、どうやら、火砲《カノン》を差し向けて来たらしいぞ」と蘇古根横蔵《そこねよこぞう》は撥《ばち》を捨てて、いつも変ることのない、底知

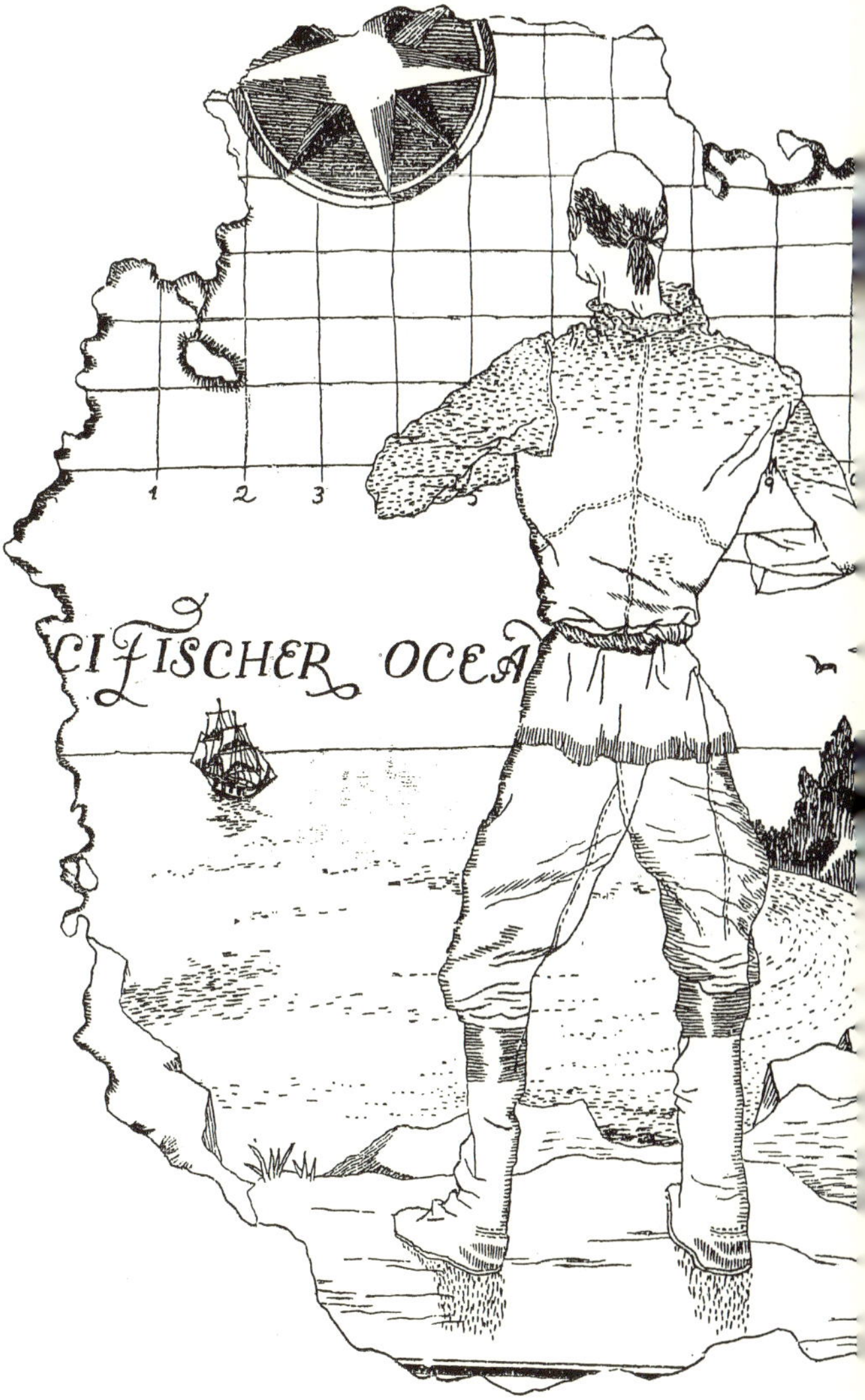
1 2 3
CIFISCHER OCEA

れぬ胆力を示した。そして、海気《かいき》に焼け切った鉤鼻を弟に向けて、髻《たぶさ》を悠《ゆ》るやかに揺ぶるのだった。

「だが兄上、私はただ、海波高かれとばかりに祈り居りまする。そして、舷側《げんそく》の砲列が役立たぬようにとな」火器のない、この島のひ弱い武装を知る弟は、ただただ、迫り切った海戦に怯えるばかりだった。が、それに横蔵は、波浪《はろう》のような爆笑を上げた。

「いやいや、火砲とは申せ、運用発射を鍛錬してこその兵器じゃ。魯西亜の水兵《マドロス》共には、分度儀《ジャスパー》も測度計《サイドスケール》も要らぬはずじゃ。水平の射撃ならともかく、一昂《こう》一低ともなれば、あれらはみな、死物的に固着してしまうのじゃよ。慈悲太郎、兄はいま抱火矢《だきびや》を使って、あの軍船と対舷砲撃を交してみせるわ」

それは、何物の影をも映そうとせぬ、鏡のように、外は白夜に霽《あ》け放れた。その蒼白さ、何ともたとえようのない色合の微《ほの》めきは、ちょうど、一面に散り敷いた色のない雲のようであった。その中を、渚では法螺貝《ほらがい》の音が鳴り渡り、土人どもは、櫂《かい》や帆桁《ほけた》に飛び付いた。次第に、荒々しい騒音が烈しくなって行き、やがて臆病な犬のそれのように、嚇《おど》しの、咽喉《のど》を一杯にふくらませた、一つの叫び声《ごえ》に纏《まと》って行くのだった。しかし、渚を離れて、その幾艘かの小舟が、ほとんど識別し難い点のようになると、入江の奥は、ふたたび旧《もと》の静寂に戻った。

その時慈悲太郎は、静かに砂を踏み、入江を囲む、岬の鼻の方に歩んで行った。青白い日光が、茫漠《ぼうばく》たる寂寥《せきりょう》の中で、かくもはっきりと見られるのに、岬の先では、海が犠牲を呑もうと待ち構えている。これが、嵐を前にした、ねつっこい静けさとでも云うのであろうか。いや、嵐を呼ぶ、海鳥の啼《な》き狂う声さえ聴えないではないか。背後には、四季絶えず陰気な色の変らぬ、岩柱《がんちゅう》の城がそそり立ち、灰色をした地平線の手前には、空の色よりも、幾分濃いとしか思われぬ鉛色の船体が、いとも睡《ねむ》たげに近付いて来るのである。まこと、その二つのものは、冷たい海の上に現われた幻のように、それとも、仄暗《ほのくら》い影絵としか思えないのだった。

しかし、味方は巧妙に舟を操って、あるいは水煙《すいえん》の中に隠れ、瀧津瀬《たきつせ》のような轟きを上げる、波濤《はとう》の谿底《たにぞこ》を選《よ》り進んでは、軍船に近付くまで、一向に姿を現わさなかった。そうしているうち、真蒼に立ち上って来る、山のような蜒《うね》りが押し寄せたと見る間に、その谿合から尾を引いて、最初の火箭《ひや》が、まっしぐらに軍船をめがけて飛びかかった。

ところが、その瞬間、砲声を聴くと思いのほか、意外にも、侘びし気な合唱の声が、軍船の中から洩れて来た。そして、海に、人型《ひとがた》をした灰色のものを投げ入れながら、その周囲《ぐるり》を静かに廻り始めたのである。それには、錫色《すずいろ》の帆も砲門の緑も、まるで年老いて、冷たい眠りに入ったかのようであった。迷信深い魯西亜の水兵《すいへい》共は、綾に飛びちがう火光を外目《よそめ》にして、祈禱歌を、平然と唱え続けているのだ──それは沈厳《ちんごん》な、希臘正教《ギリシャせいきょう》特有の、紛《まご》う方《かた》ない水葬儀だったのである。

一つ二つ──そうして、甲板《カンパン》から投げ込まれる、灰色のものを、二十五まで数えたときだった。思わず慈悲太郎は、総身《そうみ》に竦《すく》み上がるような戦慄を覚えたのである。もしやしたら、この軍船は悪疫《えやみ》船ではないか……。しかし、そう気付いた時は、すでに遅かった。後檣《こうしょう》の三角帆から燃え上った焰が、新しい風を捲き起して、いまや岬の鼻を過ぎ、軍船は入江深くに進み行こうとしている。そして、最後に二十六番目の屍体が――それも麻布《まふ》にくるまれ、重錘《おもし》と経緯度板をつけたままの姿であるが――ドンブリと投げ込まれたとき、火気を呼んだ火縄函《みちびばこ》が、まるで花火のような炸裂をした。かくして、その軍船は、全く戦闘力を失ってしまったのであるが、その時小舟の一つから、呻《うめ》きとも駭《おどろ》きとも、何とも名付けようのない叫び声が上った。と云うのは、一筋銀色の泡を引いて、水底から、不思議な魚族《ぎょぞく》が泛《うか》び上って来たからである。

はじめ、水面の遙か底に、ちらりと緑色のものが見えたかと思うと、その影は、すぐに身を返して、尾をパチパチとさせ、またも返して、激しい蜒《うね》りを立てる。と、銀色をした腹の光りが、パッと閃めいて、それが八方へ衝《つ》き拡がって行くのだった。その蜒りの影は、真白な空を映して、無数に重なり合う、刃《やいば》のように見えた。しかし、そうして一端は、遠い巨《おお》きな、魚のように思えたけれども、ほどなく、渚近くに浮き上ったものがあった。その瞬間横蔵は、眩《くら》み真転《まころ》ばんばかりの激動をうけた。平衡を失って、不覚にも彼は、片足を浅瀬の中に突き入れてしまった。いまや帆を焼き尽し、火縄を失って、軍船は速力さえも減じつつあるではないか。まさに、迫撃を試みる絶好の機会にもかかわらず、何故に横蔵からは、好戦の血が失われてしまったのであろう？　彼は、眼前の、この世ならぬ妖《あや》しさに蠱惑《こわく》され、自分の幻影を壊すまいとして、そのまましばらくは、凝《じ》っと姿勢を変えなかったのである。それは、眼底の神経が、露出したかと思われるばかりの、鋭い凝視だった。

頭上の、蒼白い太陽から降り注ぐ、凄冽《せいれつ》な夜気の中で、渚の腐れ藻《も》の間から、一人の女が身をもたげて来た。そして、身体を動かすごとに、藻の片々《ひらびら》が摺《す》り落ちて、間もなく彼女が、裸体であることが分った。こんな遅い時刻でさえも、中天《ちゅうてん》にただ一つ、つけ放しになっている蒼いランプは、すんなりした女の姿を、妖精のように見せていた。それがちょうど、透き通った、美くしい外套《がいとう》でもあるかのように、両肩も胸も、逞ましい肉付きの腰も、――何もかも、つるつるとした絹のような肌身を、半ば透明な、半ばどんよりとした、神秘の光が覆うているのだ。こうして、最初のうちこそ、流血を予期された事態が、計らずも一変した。軍船も砲列も、毒矢も火箭《ひや》も、ただ一図《いちず》に、夢の靄《もや》の中へ溶け込んでゆくのである。

しかし一方では、そうした駭きの中で、妙に迷信的な、空怖ろしさが高まって行った。と云うのは、女の身体の一部に、どう見ても、それが人間的でないものが、認められたからである。その女の持つ毛と云う毛、髪と云う髪からは、肩に垂れた濡髪からも、また茂みを吹く風のように、衣摺《きぬずれ》れの音でも立てそうな体毛からも、それは又とない、不思議な焰が燃え上っているのだ――緑色の髪の毛。それゆえ、ともすると横蔵は、錯覚に引き入れられ、金色《こんじき》に輝く全身の生毛《うぶげ》に、人魚を夢見つつ呟くのだった。

「うむ、緑の髪を持った女――さっき渚から這い上ったとき、たしかに儂《わし》は、貝殻のような小さい足を見たはずだぞ。両親は、宝永《ほうえい》の昔サガレンに流れ寄った漂流民、それから、イルクツクの日本語学校で育った儂《わし》たちだ。松前《まつまえ》の藩から、上陸を拒まれたのを機《しお》に、この島に根城を求めたが、今までは一通り、金髪にも亜麻《アマ》色にも……。ええしたが、五大洲六百八十二島の中で、ものもあろうに緑の髪の毛とは……」

しかし、そうしているうちに横蔵の眼は、ほとんど痛いくらいに、チカチカしはじめた。見ると、女はよろよろ歩き出して、夢中に藻の衣《ころも》を脱ぎ続けるのだ。唇《くちびる》をキュッと結び、寒気を耐《こら》えるように、両腕を頸《くび》の下で締めつけると、ずるりと落ちた荒布《あらめ》の下から、それは牝鹿のような肩が露《あら》われた。乳房は石のように固くなっていて、勃《たか》まり切った乳首、笑靨《えくぼ》のような臍《ほぞ》、それを中心に盛り上った、下腹部の肉付きの水々しさ。彼女の動作は、大きく弱々しく、ほどよく

伸びた腓《ふくらはぎ》が、いまにも折れそうになって行く。しかし彼女は、横蔵を眼に止めたとき、はじめて――それも本能的に、羞恥の姿勢をとった。はじめは、メディチのヴィナスのように、片手を乳の上に曲げ、他の伸ばした方の掌を、ふさふさとした三角形《デルタ》の陰影の上に置いた。が、すぐと今度は、カノヴァのそれのように、両手を胸の上で組み交わした。そして、その姿勢のまま、臆す色もなく横蔵に云った。
「私、大変寒いんですの。もう凍え死にしそうですわ。いいえ決して、貴方がたの敵では御座いませんから」それはとも

すると、打ち合う歯の音に、消され勝ちだったけれど、紛れもない魯西亜言葉だった。

「うむ、猥《ほた》はもちろん、場合によっては、家も衣《ころも》も、進ぜようがのう。したが女、そちは何処《いずこ》から参ったのじゃ」そう云いながら、自分の唇に、濡れた相手の腋毛《えきもう》を、しごきたいような慾情に駆られ、横蔵はぶるると身を慄わした。

「云うまでもありませんわ。あの軍船、アレウート号からで御座います。実は、十日ほど前から悪疫に襲われまして、すんでのことに、私も水葬されるところだったのでした。でも、御安心遊ばせな。私はただ、一つの部屋に居りましたと云うのみのこと、伝染《うつ》るのを懼《おそ》れて、投げ入れられましたなれど、実はこの通り健やかなので御座いますから」

女の心臓が、横蔵のそれほど、激しく鼓動してないことは、言葉付きでも知れた。そして、静かに顔を繞らして、岩城の灯りを、もの欲しげに見やるのだったが、その時、軍船の舵機が物の見事に破壊された。新しい囚虜《しゅうりょ》を得た、歓呼の鯨波《とき》が、ドッと一斉に挙がる。おお、魯西亜の軍船アレウート号は、吾等が手に落ちた。そして——と横蔵は、ふと恋のなかった自分の過去を、あれこれと描き出すのだった。

それから、小半刻ばかりののちに、女はどうやら精気を取り戻したらしい。岩城の中の一室で、三人の姉弟に取り巻かれて、いまや彼女は、薔薇色の蜒《うね》りを頬に立てつつあるのだ。それは、惹きつけられるほどに若い、廿歳頃《にじっさい》の娘だった。髪も眉も、薄い口髭もまったくの緑毛で——その不思議な色合が、この娘を何かしら、神々《こうごう》しく見せるのだった。そこは、部屋とは云え、寧《むし》ろ岩室《いわむろ》と呼ぶ方が似付かわしいであろう。それとも、教坊《きょうぼう》の陰気臭さか、奇巌珍石《きがんちんせき》に奥《おく》まられた、岩狭《はざま》の闇がそれであろうか。岩を刳《く》り抜いて作った、いくつかの部屋部屋には、壁に、斜め市松《いちまつ》の切子硝子《きりこガラス》など、嵌《は》められているけれども、総じて無装飾な、真黒に燻《くす》ぶり切った、椅子《イス》や曲木《まげき》の寝床などが散在しているに過ぎなかった。壁の一枚岩にも、ところどころ、自然が弄《もてあそ》んだ浮彫りのようなものが見られるけれど、それらもみな、蒼然たる古色を帯び、煤《すす》け返っているのだ。しかし、そこで女は、彼女に劣らぬほど、美くしい一人の女性を発見した。

その婦人は、横蔵慈悲太郎には、姉に当る紅琴女《こうきんじょ》だった。年の頃は、三十を幾つか越えていて、鼻の尖った、皮膚の色の透き通った――それでいて、唇には濃過ぎるほどに濃い紅《べに》が湛えられていると云ったー―どこか調和のとれない、病的な影のある女だった。そして、すらりとした華奢《きゃしゃ》な身体を、揺り椅子に横たえて、足には踵《かかと》の高い木沓《きぐつ》をうがち、頸から下を、深々とした黒貂《くろてん》の外套が覆うていた。女は、紅琴の慈悲深い言葉で問われるままに最初自分の名を、フローラ・ステツレルと答えた。

「一通りお耳に入れて、何故私が、この軍船に乗り込まなければならなかったか……、また何故、遁《のが》れねばならなかったか……、それから、アレウート号がこの島を目指したについての指令を、一応は御聴き分け願いたいと存じまして。でも、それは容易に、御理解出来なかろうと思いますわ。あんまり人の世放《よはな》れのした、それはそれは、不思議な話なんですもの。実は、私、サガレンのチウメンで父を殺して参りました――あのザルキビッチュ・ステツレルをですわ」とフローラの顳顬《こめかみ》に、一條《ひとすじ》、真蒼な血管が浮び上ると、紅琴は、それを驚いたように瞶《みつ》めて云った。

「なに、そもじは何とお云いやった――たしか、ザルキビッチュ・ステツレルと、私は聴きましたが。ではあの、ベーリングの探検船「聖《サン》ピヨトル」号に乗り込んだ、博物学者のステツテルはそもじの父なのか」

フローラは、それを眼色《めいろ》で頷いて、むしろ冷たく云い返した。「もっとも、母のドラと従妹だった所《せ》以《い》もあるでしょうが、父とベーリングの仲は、それは又とない間柄だったのです。私は、出発の朝――それが六つの三月でしたけれども、二人には雪割草《ゆきわりそう》の花束を贈り、また二人からは、頭を撫でられたのを、記憶して居ります。ところがベーリング様は、翌年の十二月八日に、ベーリング島でお歿《な》くなりになりました。父も最初は、チウメンで、その五年後に凍死したと云う、噂を立てられましたのです。それが気病《きや》みとなって、程なく母は、私を残してこの世を去ってしまいました。ところがそれからも、私の不幸せは何時から尽きようとは致しませず、慈悲も憫れみもない親族どもは、私をカゴツ(中欧から北にかけて住む一種の賤民)の群に売り渡してしまったのです。そうして、普魯西《プロシア》から波蘭《ポーランド》を経て、魯西亜の本土に入り、それからは涯《はて》しのない旅を続けました。その間私は、いつ海が見えるか、見えるかと思いながら、草原《ステップ》の涯に、それは広大な幻を描いて居りました。何故かと申しますなら、父を奪い去った海、あの自由な不思議な水の国を見て、私は自分の運命を、哭《なげ》きもしようし悲しみもしようし、またその底深くに、もしやしたら、諦めがありはしないかと思われたからです。そうしてとうとう海に近い、チウメンまで辿り付いたのですが、それは氷が割れて、新しい苔が芽を吹き出す五月のこと、それでかかった十数年の旅の間に、私はすっかり、熟し切った処女《おとめ》となって居りました。ところが、チウメンに宿を求めた、三日目の夜のこと、私は思いがけなく父に出遇ったのでした」

「したが、成人されたそもじを、父はどうして知りやったのじゃ。さぞ幼ない頃の面影を憶《おも》い出して、そもじの父は、泣きやったであろうな」と吾が事のように、紅琴が急《せ》き入るにもかかわらず、フローラは一向に表情を変えなかった。

「いいえ、それはこうなので御座います。実は、炉辺《ろばた》のつれづれ話に、うっかり私は、本名を明かしてしまったのです。すると、側に居りました富有《ふゆう》そうな老人が、矢庭《やにわ》に私の腕を摑んで、別室に引き入れました。その老人が、以前は「聖《サン》ピヨトル号」の船長だった、グレプニツキーだったのです。そして、私の父が、今なおこの町に、生存していることを話してくれましたし、何よりその場で、私を父に遇わせると誓ってくれました。しかし、翌朝《よくちょう》になって見ると、この世が、現在も未来も、すべてがもの怖ろしい、空虚の底へ雪崩《なだ》れ込んでしまったのを知りました。私は、いつの間にか、壁側の椅子に何と云うことなく腰を掛けていて、この上は苦しみから逃れるために、いっそ生命も尽き、墓石の下で安らかに眠りたいとばかり念じて居りました。それは、眼の前に、冷々《ひえびえ》と横たわっている、一人の老人があったからです。父でした——ええ、父ですとも、なんで幼かったとは云え、私の記憶からあの面影が消え去りましょうか。しかし、父は中風《ちゅうふう》を病《わずら》ったと見えて、私のことなど更々《さらさら》記憶にもなく、おまけに左眼は潰れ、右手は凍傷のため反り腕になっていて、両手の指は、醜い癩《らい》のようにひしゃげ潰れているのでした。その腕を拡げて、あろうことか、私に淫らしい挑みを見せて参ったのです。そして、その獣物《けもの》のような狂乱が、とうとう私に……」とフローラは、長々と尾を引いて、低く低く声を落したが、続けた。

「ですけど、お慈悲深い基督様《ハリストス》は、多分《たぶん》私をお許し下さるでしょう。およそ地上に、こうも不思議と神秘に充ちた大いなる愛があるでしょうか。私は、父の死後の生活を思って、同じ血同じ肉の交らいを、犯させまいとして、父を刺し殺したので御座います。ですけど、父と子のつながり——あの血縁の神秘は、決して、夢の中で話されるような、取りとめのない言葉では御座いません。私は、そのようにして、父を安土《あんど》に導いたとは云え、一方では、あの狂った哀れな父が、二度と再び現われて来ないと思うと、不意に、痛ましい悲しみの湧くのを覚えるのでした。けれども、そこには一つの疑惑があって、果してあの男が真実の父なのだろうか——そう思うと、面影にこそ記憶があれ、一図《いちず》にそうとのみ、決めてしまうのが出来なくなったように思われました。そうして私は、父の遺骸を始末してくれた、グレプニツキーに伴われて、いつ尽きるか涯しのない、苦悩と懐疑の旅に上って行ったのです。そこで、お話しなければならないのは、何故グレプニツキーが、遥々《はるばる》サガレンまで来たかと云うことです。実は奥方様、あの男は、カタリナ皇后《さま》から、アレウート号の船長に任命されて、このラショワ島にある黄金郷《エルドラドー》の探検を命ぜられたのです。あの黄金都市《エルドラドー》の輝きを、いまも私は、はっきりと見たのでしたわ」

その一言で、端なく三人の目が一つになった。それは、驚異などと云う言葉では、到底云い表わせない、むしろ恐ろしい、空虚《うつろ》のように思われた。殊に、横蔵の眼は爛々と燃えて、今にも全世界が、彼の足下《あしもと》にひれ伏すのではないかと考えられた。フローラは、言葉を次いで、

「つきまして、最初からの事を申し上げねばなりませんが、グレプニツキーの話に依りますと、それが、一七四一年六月のある朝だったそうで御座います。この島の南々東二海里《カイリ》の海上を進んで居りますうちに、聖ピヨトル号の甲板にいた、ベーリングと父が、はっきりとこの島の上に、円い金色《こんじき》の幻暈《かさ》を見たのでした。それは、海霧の中を、黄色い星の群が、迷い彷徨《さまよ》ってでもいるかのように、その金色の円盤が、島を後光のように蔽《おお》っていたとか申します。そして、ベーリングはただ一人小舟を操って、その頃は無人島だった、この島に上陸したそうですが、その結果がどうであったかと云う事は、とうとう戻ってからも、聴かれなかったとか云うそうでした。ところが、その年の十二月八日、ベーリング島で臨終の朝に、端なくその秘密が、ベーリングの手で明らかにされました。壊血病に罹って、腐敗した腿の上に、見えない眼で、EL DORADO RA《エル ドラドーラ》――とまで書いたそうですが、それなり父の手を、かたく握りしめてあの世に旅立ってしまったのでした。そのRAが、RASHAU《ラショワ》島の最初の一綴りであることは、すでに疑うべくもありません。しかし、それを見て父はあまりの駭《おどろ》きに狂ってしまったのでしたが、グレプニツキーは翌年本土に戻って、その旨をカタリナ皇后に言上《ごんじょう》したそうです。けれども奥方様、私は乗り込んだアレウート号の中で、ふたたび、あの獣物臭い恐怖を経験することになりました。それが、

どうで御座いましたろうか、心臓を貫いて、硬《こわ》ばりまでした父が——しかも八尺もの地下に葬られたはずの父が、何時の間にか船に乗り込んでいて、私の前に、あの怖《おぞ》ましい姿を現わしたのですから。私は、土を掻き分け、墓石《ぼせき》を仆《たお》した血みどろの爪を、はっきりと見たのでしたわ」

二、恋愛三昧

「それが、乗り込んでから、十八日目の夜のことで、戸外《そと》の闇には、恐ろしい嵐が咆《ほ》え狂って居りまして。冷たい風が、どこからとなく隙をくぐって、ともすると消され勝ちな、角灯《かくとう》を揺らめかしているのでしたが、私は、何のことなく椅子にかけていて、いつか通り過ぎた、シベリヤの村々を夢見て居りました。すると、霧が細かい滴《しずく》となってかかる、硝子戸の向うに、それは怖ろしいものが現われたのです。どす黒い、斑点のある、への字形に反りかえった腕が、格硝子の右端から現われて、今にも、把手《ノッブ》に手をかけようとするのです……おお、父は蘇ったのでした。どうあっても、あんな片輪《かたわ》めいた、反り腕の男など、乗組員の中には一人としていないのですから。そう思うと私は、頭の中の血が、サッと心臓に引き揚げたように感じて、クラクラと扉に蹌踉《よろ》めき掛りました。そして、呼吸《いき》を落ち付け、しっかりしようと努力しながら、扉に当てた椅子に、何時までかじりついていた事でしょう。しかし、父の腕は、その瞬間限り消えてしまいましたけれど、ふとそれにつれて、私の胸にギスリと突き刺ったものがありました。と云うのは、海に乗り出すと間もなく、船内に、それは得体の知れない、悪疫がはびこって来たからでした」

「悪疫……」三人は、思わず弾ね上げられたような、声を立てた。

「左様で御座います。最初は、二三日下痢模様が続きますと、骨も髄も抜け果てたようになって、次第に皮膚の色が透き通って参るのです。それで、病人たちは、死の近きを知る頃になると、きまって船底近い、臥床《がしょう》から這い出して行くのです。そして、狂気のようになって、甲板へ出ようとしますけれど、そこには岩のような靴と、ヒューヒュー唸る鞭が待ち構えているのでした。でも、しまいには死の手に押え付けられてしまって、わずかに頸と、弱った頭を擡《もた》げるに過ぎなくなってしまうのです。ところが、それから二度三度と現われた父の手は、いつも決まって、船底に続く鉄梯子の方角の方から、現われて来るのでした。それからと云うもの私は、もしやしたら、父と悪疫との間に、何か不思議なつながりがあるのではないか――ないかないかと、それのみをただ執念《しぶと》く考え詰めるようになりました。ですから、その軍船の中には、じりじり燃え拡がって行く、怖ろしい悪疫と……、それから、野鳥《のどり》のように子を犯そうとする、煙のような悪霊とが、潜んでいるのです。打ち沈めて、……御願いですわ。……打ち沈めて下さいまし。それでないと、今にきっとこの島には鳥一羽、寄り付かなくなるに決まってますから」

次第に調子を高めてきたフローラは、最後の言葉を、つんざくような鋭さで叫んだ。すると、応《おう》と答えた横蔵が、撥を取り上げ、太鼓を連打すると、軍船を囲んだ小舟からは異様な喚声が上り、振《ふ》り注ぐ火箭が花火のように見えた。そうしてしばらくの間、アレウート号の焔は、いろいろな形に裂け分れて、真紅《まっか》の模様を、輝く水面に刻み出していたが、やがて波紋が積り重なり、柔かな鏡のようになると、わずか突き出た檣《マスト》の先に、再び海鳥が群がりはじめた。こうして、フローラを忌わしくも逐《お》い続けた悪霊の船、悪疫を積んだアレウート号は、再び水面に泛《うか》ぶことがなかったのである。その間、チラつく火影の中で、紅琴はフローラの物語を聴き続けていた。

「で御座いますもの。私がいつか、あの船を遁れようとしたって、無理では御座居ませんでしょう。ところが、そうこうと悶えているうちに、計らずも今朝、黄金郷の耀きを望見したので御座います。それは、白夜がはじまろうとする白っぽい光の中で、島の頂きを蔽《おお》う金色の輪が、暈《かさ》のように拡がり縮んでいて、それは透絵《すかしえ》の、影像のように見られたのでした。しかし、その冷たい湿っぽい感覚が、私の肺臓にずうんと浸み渡りました。遁れるのはいま――私は、鹹《しお》っぽい両掌に汗を泛べて、病を装おうと決心しました。それからが、こうして、手厚いお待遇《もてなし》を頂く仕儀に御座います。どうか何時までも、下婢《はしため》になりと、御手許にお置き下さいませ」

　永々と続いた、フローラの物語は終った。ちょうどそれは、鏡に吹きかけた息のようなものであった。彼女を怯《おび》やかした、忌わしい悪夢の世界は、すべて何もかも、海中に没し去ってしまったのである。そうしてフローラは、新しい生活を踏み出すことになった。しかし、ベーリングをはじめ、彼女さえも遠望したと云う黄金郷の所在は、遂に、この島の何処《いずこ》にあるのか明らかではなかった。それは、フローラと云う緑毛の処女が、そもそも神秘的な存在であるように、黄金郷と云う名を、聴いただけでさえ、三人は龍巻の中に巻き込まれたような気がしたらしい。ところが、その翌日から、フローラを繞《めぐ》って、この島には激しい情慾の渦が巻き起ることになった。

その翌日――フローラが清々《すがすが》しい陽の光に眼醒めたとき、浜辺の方から、異様な喚声が近付いて来るのを聴いた。見ると、彼女はハッとなって胸を抱きしめた。そこには、土人達に取り巻かれて、昨夜運命を、船と共に決したとばかり思われたグレプニツキーが、無残な俘虜《ふりょ》姿を曝しているのだ。頸には、流木の刺又《さすまた》を括りつけられ、頭はまた妙な恰好で、高く天竺《てんじく》玉に結び上げられている。そしてこの黄色い顔に、洞《うつろ》のような眼をした陰気な老人は、突かれては転びながら、次第に岩城差して近付いて来るのである。けれども、それから始った、横蔵の火の出るような訊問も、遂に効果はなかった。やはり彼も、フローラと同じことを云うのみで、黄金郷の所在は、依然迷霧《めいむ》の中に鎖《とざ》されているのであった。それから、グレプニツキーは、土人小屋に収容されたが、賢《さか》しい紅琴は、早くも唯《ただ》ならない、二人の気配を悟ることが出来た。

「そもじ二人は、小さいながら、このラショワ島が一国であるのを忘れたと見えますのう。総じて貴人と云うものは、上淫を嗜むのです。そなた二人は、虹とだに雲の上にかける思いと――云う、恋歌を御存知か。その通り、王侯の妃さえも、犯したいと思うのが性情《ならい》なのじゃ。その故、遊女には上﨟風《じょうろうふう》の粧いをさせて、太夫様《たいふ》、此君様《このきみ》などとも云い、客よりも上座に据えるのです。それも、一つには、客としての見識だろうと思いますがのう。くれぐれも、女子《おなご》の情《なさけ》を、酷《むご》う奪ってはなりませぬぞ。それで、今日この今から、フローラを太夫姿にして、私は、意地と振り（客と一つ寝を拒む権利）を与えようと思うのです。相手の意に任《ま》かせながら、その墻《かき》を越えてこそ、そもじ二人は、この島の主と云えるのじゃ」

昨夜に続いて、再びこの島には、聴くも不思議な世界が、展《ひら》かれ行こうとしている。それは、横蔵慈悲太郎の瞳の底で、秘かに燃え上った、情の焔《ほむら》を見て取ったからであろうか、二人は争いを未然に防ごうとして、紅琴が、世にも賢しい処置に出たのであった。そして、フローラには、あわただしい、春の最初の印象が胸を打ったのである。

濡れた、青葉のような緑の髪を、立兵庫《たてひょうご》に結い上げて、その所々に差し入れた、後光のような笄《こうがい》に軽く触れたとき……フローラの全身からは、波打つような感覚が起って来た。またそうした、恋の絵巻の染《そめ》いろを、自分の眉、碧々《あおあお》とした眼に映してみると、その対照の香り不思議な色合に、吾ともなくフローラは、美の泉を見出したような気がした。彼女は、ハッハと上気して、腰を無性にもじもじ廻しはじめた。それから、床着《とこぎ》の黄八丈《きはちじょう》を着て、藤紫《ふじむらさき》の上衣《じょうぎ》を重ね、結んだしごきは燃え立つような紅《くれない》。そのしどけなさ、しどけなく乱れた裾、燃え上る裾に、白雪と紛う腓《ふくらはぎ》。やがて、裲襠《しかけ》を羽織《はお》ったとき、その重い着物は、黄金《こがね》と朱の、激流を作って波打ち崩れるのだった。

　こうして、フローラに太夫姿が整えられると、悩ましかった過去の悪夢も、何処《いずこ》かへ消え去ってしまった。彼女は、二つの世界の境界を、はっきりと跨ぎ越えて、やがて訪れるであろう恋愛の世界に、身も世もなく酔い痴《し》れるのだった。

　けれども、翌日から彼女を訪れるものは、やはり横蔵であって、慈悲太郎は、自分から近付くような気振《けぶ》りを見せなかった。それが、フローラの影法師を抱きしめて朦朧とした夢の中で楽しんでいるように見えたのである。

「のうフローラ、そなたと斯うして、恋のはじめの手習いをするにつけて、つくづく近頃は、沖に船が、通らねばよい――とのみ念ずるようになった。したがそなたは、儂の髪ばかりを梳《す》いていて、何故に此《こち》方《ら》を向いてくれぬのじゃ。察してくりゃれよ。日がなそなたの呼吸を、頸《うなじ》ばかりでのう、嗅いで居る儂をな」

　と横蔵が、恨みがましい言葉を口にしたように、何よりフローラは、彼の艶々しい髪の毛に魅せられてしまったのだ。海気に焼け切った、横蔵の精悍そのもののような顔――鋭く切れ上った眦《めじり》、高く曲った鼻、硬さを思わせる唇にもかかわらず、その髪は、豊かな大たぶさにも余り、それが解かれるとき、腕に絡んで睡る水精《みづはのめ》のように思われるのだった。しかし、それには理由があって、以前大陸の東海岸《とうかいがん》に近いある町で、偶然フローラは、一枚の木版画で日本と云う国を知ったのであった。それには、顔に檜《ひ》扇《おうぎ》を当てた、一人の上臈が、丈《たけ》なす髪を振り敷いて、几帳の奥にいる図が描かれてあって、それに感じた漠然とした憧がれが、いまも横蔵の、美くしい髪を見るにつけ意識するともなく燃え上ったのであった。

「ホホホホ、お難《むず》かりも程になさいませ。いま一の紘《いと》をしめて、私、調子を合わせたばかりのところで御座いますわ」と花車《きゃしゃ》な指に、一筋髪を摘んで、輪になったそれを解《ほぐ》しながら、「ではいっそのこと、合せ鏡をしたら……。それほど、私の顔を御覧になりたいのなら、――いかがで御座いますか」

と持ち添えた、二つの鏡を程よく据えて、前方の一つ――なかに映った横蔵の顔を、凝《じ》っと覗き込んだときだった。何を見たのかフローラは、アッと叫んで、取り落してしまった。何故なら、そこに映ったのが、銅々《あかあか》と光った、横蔵の半面と思いのほか、意外にも、奇怪を極めた絵となって飛び付いて来たからだ。すでに、海底の藻屑と消えたはずの父ステツレルの顔が、潰れた左眼《さがん》を暗く窪ませて、寒々と此方《こちら》を見返しているのだ。その黄色い皮膚、薄汚ない襞々《だんだら》は、まるで因果絵についた、折目のように薄気味悪く、フローラは、全身の分泌物を絞り抜かれたような思いだった。それからフローラは、邪慳に横蔵を追いやって、その折廻廊を、慈悲太郎が通り過したのも意識するではなく、ただただ父の名を呼び、いつまでも、痺れたように坐っていた。

その一瞬の間に、彼女の眼は別人のように落ち窪んでしまった。鉄の輪が、いつも顳顬《こめかみ》を締めつけているように感じ、舌は、熱病のような味覚を持っていた。しかし、そうしているうちに、ふと横蔵の迫り方を思うと、いつかチウメンで出遇った、あの恐怖がしくしくと舞い戻って来た。父の影を持つ男

——それに、何時か身を任さねばならないとすれば、神かけても彼女は不倫から遁《のが》れねばならない。そう思うと、フローラはすっくと立ち上って、一つの怖ろしい、決意を胸に固めたのである——あの厭わしい幻影を殺すために、まったく不思議な心理、信ぜられない潔癖のために、彼女は、横蔵に生存を拒まねばならないのだ。

「のうフローラ、姉の才量で、今日から城内に、グレプニツキーを入れることにした。そして、黄金郷の所在を、じわじわ吐かせることに決めたのじゃ」と云った横蔵の唇が、いつになく物懶《ものう》げであったように、それから数日後になると、はたしてステツレルの出現と合したかの如く、城内には、悪疫の芽が萌えはじめて来た。それは、壁と云う壁から立ち上る、妖気でもあるかのように、最初横蔵に発して、さしも頑強な彼も、日に日に衰えて行った。錐《きり》のような髯が、両頬を包んで、灰色がかった皮膚から、一日増しに弾力が失われて行くのだ。従って、フローラの決意も、やがて下ろうとする自然の触手を思うと、いつか鈍り勝ちになるのも無理ではなかった。

ところが、それから一月後のある朝、思いがけなく横蔵が、胸に短剣を突き立てられ、蜒《うね》くる血に彩られた、無残な姿を発見された。その日は、垂れ罩《こ》めた雲が、深く暗く、戸外《そと》は海霧と波の無限の荒野であった。その夜慈悲太郎は、フローラと紅琴を前にして、彼が耳にした、不思議な物音のことを語りはじめた。

「ちょうど、寅の刻の太鼓を聴いたとき、風にがたつく物の響《ひびき》、兄の吐く呻きの声に入り交って、それは、薄気味悪い物音を聴いたのじゃ。のう姉上、儂の室《へや》の扉の前を離れて、コトリコトリと兄のいる、隣室に向う跫音《あしおと》があったのだ」

「いやいや、何かそちは、空想《そらごと》に怯やかされているのであろうのう。気配とやら云うものは、元来衣としか見えぬ、ちぎれ雲のようなものじゃ」

「ところが、それには歴然《れきぜん》とした、明証《あかし》があり居った……。通例《なみ》の歩き方で、二歩と云うところが一歩と云う具合で、その間隔が非常に遠いのじゃ。それで、なにか考えながら歩いて居ったと、儂は推測したのだが……」

「おお、それでは……」とフローラは、いきなり紅琴の腕を摑んで、けたたましく叫んだ。「それでは、父の亡霊が歩んでいたと仰言るのですか。中風を煩らった父は、不自由な方の足を、内側から水平に廻して、弧線を描きながら運ぶので、自然そんな具合に聴こえるので御座いますよ。ああ、あの父が、チウメンで殺された、アレウート号と一緒に、沈んだはずだった父が……」

フローラは、心痛と恐怖のあまり、歯はがちがちと打ち合い、乾いた唇から、嗄《しゃが》れた呻き声を立て続けるのだった。しかし、不倫の悪霊ステツレルは、どうしたことか、それなり姿を現わさなかったし、また横蔵の、下手人《げしゅにん》と覚しいものも発見されなかった。そうして、何時となく思い出さえも薄らいでしまって、今ではフローラも、慈悲太郎の唇を、おのが間に挟むような間柄《なか》になった。慈悲太郎は、兄とはちがって、白いふっくらとした肉で包まれ、むしろ、女性的にも見えるのだが、その弾力、薄絹のような滑りに、フローラはじりじりと酔わされて行った。その日は、空が青い光りを放ったように思われ、波濤の頂きが、薔薇色の蜒りを立てていた。

「こうして、白い雪のようなお肌の上に、手を置いて居りますと、私の手が、何となく汚ならしく、それに、黄色く見えるようで御座いますわ、早く奥方様のお許しをうけて、貴方様のお肌を、ほんとうに、私のものとしたい位で御座いますのよ」と悩まし気な、視線を彼に投げ、ほんのりと、紅味に染んだ見《み》交《かわ》しの中で、その眼は、碧い焰《ほのお》となって燃え上った。そして、片肌を脱がせ、紗《しゃ》の襦袢口《じゅばんぐち》から差し入れた掌《て》を、やんわりと肩の上に置いたとき、その瞬間フローラは、ハッとなって眼を瞑《つむ》った。彼女は、臆病な獣物が、何ものかを避けるように飛び退いて、ふたたび、その忌わしい場所に、視線を向けようとはしなかったのである。と云うのは彼女が手を引くと同時に、窓越しに差し出された、一つの、煙のような掌を見たからであった。それは、恐らく現実の醜くさとして、極端であろうと思われる――云わばちょうど、孫の手と云ったような、先がべたりと欠け落ちたステツレルのそれであったからだ。

その夜、徹宵《よっぴて》フローラは、壁に頭を凭《もた》せ、蹲《うず》くまるようにして坐っていた。父ステツレルの怪異が――、あの妖怪的な夢幻的な出現が、時を同じゅうして、いつも、痴れ果てたときの些中《さなか》に起るのは、何故であろうか。と、いくら考え詰めて行っても、同じような混沌状態、同じような物狂わしさは、いっかな涯《はて》しもなく、ただただ彼女だけが、その真唯中《まっただなか》に、取り残されているのを知るのみであった。

すると突然、ひゅうひゅうと云う凄まじい声が、空から聴えて来た。彼女の相手となる、男と云う男に、あの世から投げる父の嫉妬が、あまねく影を映すとすれば、いつか彼女に黴《かび》が生え、青臭い棺に入れられても、その墓標には、恋の憶い出一つ印されないに相違ない。もう一度、そうだ……。もし慈悲太郎に、横蔵と同じ運命を辿らせるとすれば、もはや男と呼ばれて、彼女を怯やかす、忌わしい対照が、この島にいなくなるのだ。と思いなしか、前よりも一層狂い募る、波の響、風の音の中から、彼女にそう警告したものがあった。

しかし、ここに奇異《ふしぎ》と云うのは、間もなく横蔵の場合と、符合したかのように、慈悲太郎が悪疫に仆《たお》されてしまったからである。そして、季節も秋近く、そろそろ流氷の轟きが繁くなった頃——。その日は、暮れるとともに、恐ろしい夜となって展開した。一刻一刻に風は高まり、海は白い泡を冠《かぶ》って、たてがみのような潮煙《ちょうえん》を立てた。その時、異様な予感に唆《そそ》られて、フローラは頭をもたげ、部屋の濃い闇の中を凝《じ》っと覗きはじめた。それは、嵐の合間を縫って、何処からともなく響いて来る、漠然とした物音があったからだ。そうして彼女は、その夜更けに、ふと慈悲太郎との部屋境《ざかい》にある、格硝子を透《すか》して、時折青白いはためきをする、蠟燭《ろうそく》の焔を瞶《みつ》めているうちに、いきなり、激しい恐怖の情に圧倒されてしまった。

見ると、扉が何時の間に開かれたのであろうか、荒れ狂う大風《たいふう》に伴った雨の流れが、その格硝子の上に、ドッと吹き付けたのである。と思うと、瞬間おどろと鳴り渡った響きの中から、見るも透《す》んだ蒼白い腕が——しかも、指のひしゃげ潰れた、反り腕の父のそれが——フローラの眼を掠《かす》めて、スウッと横切ったのであった。

三、黄金郷《エルドラドー》の秘密

翌朝になると、はたして慈悲太郎は冷たい空骸《むくろ》と変り、胸には、横蔵と異ならない位置に、短剣が突き刺っていた。その日の午後、フローラは、しょんぼり岬の鼻に立っていて、いまにも氷の下に包まれるであろう、死者のことを思いやっていた。それは、村々の外れに淋しく固まっている、共同墓地の風景であった。しかも、その時ほど、自分の宿命と、罪業《ざいごう》の怖ろしさを、しみじみ感じたことはなかったのである。彼女は、靄《もや》の中に隠されている、ある一つの、不思議な執拗な手に捕えられているのだ。その明証こそ昨夜《ゆうべ》まざまざと瞳に映った、父の腕ではないか。そして、最初横蔵の鏡に映った片眼が、もしそうであるにしても――と、フローラは不思議な自問自答をはじめた。

と云うのは、端なくその時の鏡が、古びた錫鏡《すずきょう》だったのに気が付いたからである。元来錫鏡と云うのは、硝子の上に錫を張って、その上に流した水銀を圧搾するのであるから、従って鏡面の反射が完全ではなくわけても時代を経たものとなると、それは全く薄暗いのである。すると、横蔵の背後に置いた一つが問題になって来て、もし、その角度が、光線と平行な場合には、当然水銀が黝《くろず》んで見えるはずであるから、正面に映った横蔵の眼に、暗く窪んだような黝みが映らぬとも限らないのである。また、慈悲

太郎の肩に現われた父の手も、どうやら錯覚らしく思われて来た。と云うのは、白い地に、黄色い波形のものを置いて、その上を、紗《しゃ》のようなもので冠せると、取り去ったとき、却って残像が、白地の方に現われて黒く見えるのである。また、それには、光りのずれのことなども考えられるので、あの時、指のひしゃげ潰れた、父の掌と思ったのも、蓋を割ると、案外他愛のない錯覚なのではなかったろうか。

と、フローラは、皮質を揉み脳漿《のうしょう》を絞り尽して、ようやく仮説を組み上げたけれども、昨夜見た父の腕だけは、どう説き解《ほぐ》しようもないのだった。彼女は、一夜のうちに若さを失ってしま

い、罪の重荷を、ひしと身に感じた。そして、何もかも紅琴に打ち明けて、彼女の裁きを受けようと決心した。

「そう云う訳で奥方様、私は、基督様の御名など、口には出せぬ罪人《つみびと》なので御座います、横蔵様のときも、慈悲太郎様のときも——アレウート号に起った、悪疫の因《もと》が抑々《そもそも》では御座いますが——実は私、蠟燭の芯の中に砒石《ひせき》を混ぜて置いたのです。そして、立ち上る砒の蒸気で、数多の人の命を削って参りました。たしか、お気付きのことと思われますが、時折見える、青い焔がそれで御座いました。ですもの、あの下手人が、誰であろうがどうだろうが、百度千度、清い心と自分から決めて十字を切ろうが、この憂愁《うれい》と不安を除くことは、どうあっても出来ないのです。どうか私を、御心の行くままに、奥方様、どうなりともお裁き下さいまし……」

云い終るとフローラは、まるで、汚物を吐き尽した、後のようにガックリとなった。しかし、紅琴には、露ほども動揺した気色がなく、じっと石壁に映る、入日の反射を瞶めていたが、やがてフローラを促がして、岩城を出、裏山に上って行った。

その頂きには鉛色をした、荒涼たるツンドラ沼だった。そこには、露をつけた、背の低い、名の知れない植物が這い廻っていて、遠く浜から、微かな鹹気《しおけ》と藻の香《にお》いが飛んで来るのだ。紅琴の顔は、折から白夜がはじまろうとする、入日に燃えて、生々と見えた。彼女はフローラに向って、静かに、不思議な言葉を吐いた。

「そもじの歎《なげ》きは、葉末《はずえ》の露に、顔を映せば消えることです。独り胸を痛めて、私は、ほんとうに哀《いと》おしゅう思いまする。すでにそもじは、十字架《クルス》に上りやった事とて、基督とても、そもじの罪障《とが》を責めることは出来ませぬぞ」

そう云われたとき、フローラは、眼前にこの世ならぬ奇蹟が現われたのを知った。眼が薄闇に馴れるにつれて彼女の眼は、ある一点に落ちて、動かなくなってしまった。それは、葉末の露に映った、自分の頭上に、見るも燦然たる後光が照り輝いていて、またその光りは、頸から肩にかけた、一寸ばかりの空間を、澄んだ蒼白い、清冽《せいれつ》な輝きで蔽うているのだ。とめ度なく、重たい涙が両頬を伝わり落ちて、歓喜の啜り泣きが、彼女の胸を深く、波打たせた。が、そのとき、紅琴の凛然たる声を背後に聴いたのだった。

「だが、そもじの罪障《ざいしょう》は消えたとて、二人を殺めた下郎の業《とが》は永劫じゃ、私は、今日これから、そなたの前で、其奴《そやつ》を訊《ただ》し上げて見せますぞ」

それから、小半刻ばかり経ったのちに、一人の脊《せ》高い男が、浜辺に集《つど》った土民達の中で、身を慄《ふる》わせていた。海霧が、キラキラ光る雫となって、焼けた皮膚や、髯の上に並んで行くが、その男はただ止まろうとせず、それが失神したようになって、おののいているのだ。紅琴は、その男をにくにくし気《げ》に見据えて、云った。

「どうじゃグレプニツキー。いまこそ、妾《わらわ》の憎しみを知ったであろうのう。そもじを十字架に付ければとて、罪は贖《あがな》いぬほどに底深いのじゃ。横蔵を害《あや》め、慈悲太郎を殺したそもじの罪は、いま此処で、妾が贖ってとらせるぞ。よもや、慈悲太郎が聴いた、跫音の明証《あかし》を忘れはすまいな。誰か、早よう、この者の靴を脱がすのじゃ」

凛とした声に、躍りかかった四五人の者が、長靴を外すと、その途端、フローラは激しい動悸を感じた。見ると、グレプニツキーの右足は、凍傷のため、膝から下を切断されていて、当木《あてぎ》の先には、大きく布片《ぬのぎれ》が結び付けてある。しかし、事態を悟ったグレプニツキーは、意外にも、安堵したような爆笑を立てた。でしまえば、

「これは奥方様、お戯《たわ》むれにも、程があると云うもの。なるほど、靴を脱いで、片足には音がないのですから、左様な御推測も、無理とは思いませぬが、しかし、黄金郷の探検を、共にと誓った御両所を、なんで害めましょうぞ。神も御照覧《ごしょうらん》あれ、手厚いお待遇《もてなし》に感謝すればとて、敵対の意志など、毫《ごう》も私には御座りませぬのじゃ」と、はだけた襯衣《シャツ》の下から、取り出した十字架に接吻するのだった。しかし、紅琴は、凝視を休めず云い続けた。

「ええ、そのような世迷いごとに、聴く耳は持たぬわ。この島の法《のり》は、とりも直さず妾《わらわ》自身なのじゃ。とくと真実《まこと》を打ち明けて、来世を願うのが、為であろうぞ」

すると、グレプニツキーは、相手の顔を凝っと見詰めていたが、見る見る絶望の表情もの凄く、胸を搔きむしって、咆《ほ》え哮《たけ》るような声を出した。

「莫迦《ばか》な、短慮にはやって、折角手に入ろうとする、黄金郷を失おうとする大痴者《おおたわけもの》めが。したが奥方、とくと胸に手を置いて、もう一度勘考した方が、お為でありましょうぞ」

「ホホホホホ、なんと黄金郷とお云いやるのか……」女丈夫は、蒼白い頰をキュッと引きしめて、嗤《わら》い返した。「その所在なら、そもじは不要じゃと云いたいがのう。妾はそうと知ればこそ、このラショワ島に砦を築いたのじゃ」

と、何やら合図めいた眼配《めくば》せをしたかとおもうと、藻搔《もが》いて投げ付けられたグレプニツキーの上で、幾つとない銀色の光が交錯《いれまじ》った。彼は、しばらく手足をばたばたとさせ、狂わしげに悶えていたが、やがて瞼が重たく垂れ呻きの声が途絶えると、そのまま硬く動かなくなってしまった。紅琴は、しばらく眼を伏せて、グレプニツキーの屍体を、気抜けしたように見詰めていた。白っぽい、どんよりとした光の中で、海鳥が狂わし気に啼《な》き叫んでいたが、やがて、血が塩水にまじって沖に引き去られてしまうと、浜辺はふたたび旧《もと》の静寂に戻った。そこへ、フローラは不審気な顔で、紅琴の耳に口を寄せた。

「でも、真実《ほんとう》でしょうか、奥方様。ほんとうに、黄金郷の所在《ありか》を御存知なので御座いますか」

「知らないで、何としようぞ。フローラ、そもじに、その所在《しょざい》を明かにするについては、陸では聴く耳があるかも知れませぬ。私たち二人は、沖に出て話すことにしましょう」と先刻は、鉄を断つ勢《いきおい》を示したにもかかわらず、その紅琴が、何故かもの淋しく微笑んで、一艘の小船を仕立てさせた。

次第に、フローラの身体には、鹹気が粘りはじめて、岩城の頂きが、遠く亡霊のようにぼんやりと見えた。艇りは緩く大きく、船はすでに、二海里《カイリ》の沖合に出ていた。するとその時、意外にも、紅琴の瞼が濡れているのを見て、フローラは驚いた。

「おや、奥方さま、何故にお泣きで御座いますの。御兄弟お二人を失ったとは云え、ラショワ島の御主《おんあるじ》、黄金郷の女王となった貴女さまに、涙は不吉で御座いますのよ」

「いえいえフローラ、私たちは、いまこそ島に別れを告げねばならぬのです。おお、あの岩城、横蔵、慈悲太郎――これからは、二人の塚を訪れる者とてないであろう。したが、そもじは気付かぬであろうけれど、あの二人がこの世を去ったとすれば、当然火器を作って、土民たちを従えるに足る者が、島にはいのうなったはずじゃ。この理由《ことわり》がよう分れば、何故私が、無辜《むこ》のグレプニツキーを殺めたか、合点が行ったであろうのう。私たちが島を去ったのち、見す見すあの者に、支配されるのを口惜《くちお》しゅう思ったからじゃ。もう私は、ラショワ島の主でも、黄金郷の女王でもない。そもじと同じ、ただの女に過ぎませぬのじゃ」と紅琴は、伸び上り伸び上り、次第に点と消え行く、島影に名残りを惜しんでいたが、その時、島の頂きに当って、音のない爆音を聴いた心持がした。突如、地平の遥か下から、白夜を押し上げるようにして、燦然たる金色《こんじき》の暈《かさ》が現われたからである。それを見ると、フローラは紅琴の裾に泣き伏して、よよとばかりに歔欷《しゃく》り上げた。

「あ、あまりな御短慮ですわ。見す見すあの黄金郷を捨てて、奥方様は何処へお出《いで》になるおつもりで御座います?」

「いえいえ、私たちは、黄金郷へ行くのですよ」紅琴は、意外にも落ち付いた声で、そう云った。「実を云うと、グレプニツキーをはじめ、島の頂きにある鉱脈《いわみゃく》に惑わされたのじゃ。あれは、黄銅《こうどう》と云って、色は黄金に似ているとは云え、価格に至っては振り向くものもない、その一部分が、露出しているために、背後に太陽があり、切れ海霧が円《まる》うなって側を通ると、あの通り、金色の幻暈《かさ》を現わすのじゃ。したが私は、誓って終極《しゅうきょく》の鍵が、ベーリング島にあると思うのです。そして、ベーリングの空骸《むくろ》に印された、遺書を見るまでは、なんで黄金郷の夢が捨てられましょうぞ」

「おお、それでは……それでは、これからベーリング島へ行くので御座いますか」とフローラは、溜らず不安と寂寥に駆られて、低く声を慄わせた。しかし、同時に彼女は、何事かを悟ったと見え、全身がワナワナと戦《おのの》き出した。と云うのは、いま紅琴に説かれた黄金郷の正体が、ついぞ先刻《さっき》、自分の頭上を飾った、後光と同じ理論に落ちたからである。それが、所謂仏の御光（露が鏡面のように働いて、草の葉の面に太陽の像を現わし、また、その像が光源となり光線が逆戻りして、太陽のある方の側に、像が出来る。そして、人の眼が、この像の出来たところにあれば、露の中から、光りを放っているように見えるのだ）――露に映した、自分の頭上に光輪が輝くことは、誰一人知らぬ者とてない、普遍の道理ではないか。すると、再びあの苦悩が、しんしんと舞い戻って来て、彼女は、深い畏怖に打たれた声で叫んだ。こうして、尽きせぬ名残りと殺害者の謎――またフローラにとると、父ステツレルの妖怪的な出現に疑惑を残し、この片々《へんぺん》たる小船が流氷の中を縫い進むことになった。

「参りますとも、参りますとも……。奥方さまのお出《いで》になるところなり、何処へなりとお供いたしますわ。そして、私は父の亡霊を見に行くので御座います。それは、ほんとうの父では御座いません――父の幽霊で御座いましょう」

それから、十数日の間と云うのは、まるで無限に引かれた灰色の幕の中を進んで行くようであった。時として、低い雲が土堤《どて》のように並んでいると、それが島影ではないかと思い、はっと心を躍らせるのであるが、その雲はすぐ海霧に鎖《とざ》されて、海も空も、夢の中の光のようにぼんやりとしてしまうのだった。そうして、死んだような鉛色の空の下で、流氷の間を縫い行くうちに、ある朝、層雲の間から、不思議なものが姿を現わした。その暗灰色《あんかいしょく》をした、穂槍《ほやり》のような突角《とっかく》が、ベーリング島の南端、マナチノ岬であった。

そこは、宿る木一つとない、無限の水原《ひょうげん》だった。その、乳を流した鏡のような世界の中では、あの二つの複雑な色彩、秘密っぽい黒貂《くろてん》の外套も、燃えるような緑髪も、綺びやかな太夫着の朱と黄金を、ただただ静かな哀傷として眺められた。しかし、上陸した時には、糧食《りょうしょく》も残り僅かになっていて、二人は疲労と不安のため、足も躊《ため》らい勝ちであった。それは、肉体だけが醒《さ》めていて、心が深い眠りに陥っているかのように、二人はただ、機械的に歩き続けるのみである。それでなくてさえも、雲は西から北からと湧いて空中に拡がり、すでに嵐の徴候は歴然たるものだった。しかし、夜になると、二人は抱き合って裲襠の下で互いに暖め合うのであるが、そうした抱擁の中で、ややもすると性の掟を忘れようとする、異様な愛着が育てられて行った。やがて、氷の曠原《こうげん》を踏んで猟虎《ホブローバヤ》入江を過ぎ、コマンドル川の上流に達したとき、その河口に、ベーリングの終焉地があるのを知った。

ところが、ベーリングの埋葬地点に達したとき、それが宛《あた》かも、悲劇の前触れでもあるかのように、さっと頬を撫でた、砂のように冷たいものがあった。それは、今年最初の雪で、静かに、乳の如く、霧の如く空を滑り行くのだった。そうと知って、紅琴は愕然としたけれども、千古の神秘を曝《あば》こうとする、狂的《きょうてき》な願望の前には、なんの事があろう。二人は、互いに励ましながら、氷を割り砂を掘り下げると、はたしてそこからは、凍結したベーリングの死体が現われた。

それは、両手を胸に組み、深い皺を眉根《びこん》に寄せて、顔には何やら、悩ましげな表情を漂わせていた。しかし、息を喘いで太腿を改ため、凍りついた、腐肉の上に瞳を凝らすと、やはりそこにはグレプニツキーの云うが如く、EL DORADO RA と云う文字が認《したた》めてあるのだ。ああ、遂にそうであったか、しかし、もう再びラショワ島に帰ることは——と紅琴は、暫く黙然《もくねん》としていたが、そうしているうちに、一つ二つと笄が、音もなく抜け落ちたかと思うと、両手に抱えたフローラの身体に、次第に重みが加わって行く。彼女は、すでに渾身の精力を使い尽し、静かに、いまや氷原の真唯中《まっただなか》で、眠り行こうとするのだ。紅琴は驚いて、自分の胸を開き、暖めようとしたが、フローラは微笑んで、じっと紅琴の手を握りしめるのみであった。明らかにそれは、フローラにとって、もっとも不幸な瞬間が近付いたのを、紅琴に思わせた。彼女は、胸に顔に、熱い息を吐きかけて、狂ったように叫びはじめた。

「これ、気を引きとめて、フローラ、もう暫《しば》しがほどじゃ。まだ、見えるであろうな聴えるであろうな、そのいじらしさに、私は胸の潰れる思いがしまする。私は、いま此処で、黄金郷の所在を、突き止めることが出来たのですよ。フローラ、そもじこそ、不滅の黄金都市、エルドラドーの女王なのじゃ」

その瞬間、フローラの頬にほんのり紅味《あかみ》がさして、死の影の中から、はっきりとした駭《おどろ》きの色が現われた。紅琴は、なおも続けて、「と云って、何もラショワ島に戻るでもなく、この島にもない、それは、そもじの身内《みうち》の中にあるのじゃ。実は、EL DORADO RA と書かれたのは、黄金郷の所在ではなく、そもじと母のドラとベーリング——この三人の間の秘密なのじゃ。そもじの母のドラは、ベーリングの従妹《いとこ》とか云うたが、ステツレルに嫁《かしづ》ぐまえ、ベーリングと懇《ねんご》ろにし居ったのであろう。そのとき、妊《みごも》ったのがそもじで、その名をベーリングが、末期の際に書いたと云うのも、ステツレルに対する懺悔の印しなのじゃ。何故ならELのEは、Fの見誤《みあやま》りで、次にあるDの字は、腐肉《ふにく》に現われた自然の斑文《はんもん》。その時、ベーリングは、Dの前にある腫粒《いぼ》に触れたために――のう、よいかフローラ、盲者と云うものは、粒のように微細な点でも、それに触れると、ひどく巨《おお》きく感ずるものなのじゃ。それで、次のDを飛び越えて、EL DORADO RAと書いたものと思われます。どうじゃ、分ったであろうな、それはラショワ島を暗示する、黄金郷の所在ではなく、そもじのFLORAと、母のDORAの名を連らねたもの。それ故そもじの父はステツレルではなく、ベーリング海峡の発見者、ヴィツス・ベーリングなのじゃ。愛しのフローラよ、そもじの悩みは、貴い涙となって、父の顔の上に落ちまするぞ」

　フローラは、無限の感動を罩めて、凝っと紅琴の顔を瞶《みつ》めている。もう、薄《うっ》すらと滲んだ涙にも、流れ落ちる気力はなかった。紅琴は、彼女の頸をひしと抱いて、子供のように胸の上で揺ぶった。

「私は、そもじの過去を、はじめて遇うたときに、それと悟ったほど……。その、燃えるような緑の髪も、惨苦《さんく》と迫害の標章《しるし》でのうて、何であろう。そもじは、ネルチンスクの銅山《あかやま》にまで流れて行き、髪にそのような、中毒《どくけ》が現われるまで、辛い勤めを続けたのであろう。だが、それは扨《さ》て置いて、今こそ、そもじに横蔵慈悲太郎を害めた、下手人の名を告げましょうぞ。そもじが見た父とやらは、真実の腕ではなく、実は、格硝子に現われる、性悪な気紛れなのじゃ。そもじは、砒石の蒸気を防ぐために、硫気《りゅうき》を用いたのであろうけれど、それが市松の凹《へこ》みに溜った水に溶け、黝んだこと故、真直《まっすぐ》なものも、却って反りかえって見えたのじゃ。船内でも慈悲太郎の部屋でも、一つはそもじを狙った荒くれ漢《おのこ》、また一つが——この私だったと聴いたら、駭くであろうのう」

そう云って、高い木沓《きぐつ》を脱ぐと、なかから、それは異様なものが現われた。双方の足趾《あしゆび》は、いずれも外側に偏っていて、巨きな拇趾《おやゆび》だけが、さながら大篦《おおべら》のように見えるのだった。それは、云わずと知れた、纏足《てんそく》だったのである。

「これを見たら、慈悲太郎の聴いた、跫音の主が何者であったか、いま更くどくどしく、説き明すまでのこともないであろう。私は、イルクックの日本語学校で育てられたとき、漢人《かんじん》に興味を持った、魯人《ろじん》の一人に寿《よろこ》ばれて、斯様《かよう》な痕を残すようになった。それこそ、木沓を脱いだら、壁に手を支えぬと、私は歩けませぬのじゃ。のうフローラ、何故に私は、かけ換えのない二人の兄弟——横蔵と慈悲太郎を殺《あや》めたのであろう。それは、そもじを、太夫姿に仕立てたのを見ても分るであろうが、それとても、そもじが愛おしき同胞《はらから》とは云え妬ましく、私は小娘のように悶え、またあるときは、鬼神《きじん》のような形相にもなって、なんの不安もなく懸念もなく、一図に、愛の魔術に愉しく魅せられ、酔わされて居ったからじゃ。人は、恋に向って歩み、その方向にひたすら進むものです。正しかったり貞潔《ていけつ》であったにしても、それが何の役に立ちましょうぞ。そもじの手は、もう動きませぬか。この白い、美くしい臥床《ふしど》を択《えら》んで、いまこそ、そもじは………。フローラ、私はこの手で、そもじの灯火《あかし》を消すまいと、腕を廻わして……」

けれども、フローラの浄《きよ》らげな顔は動かず、眼を閉じて、眠っているのか、それとも、永劫の休息に入ったのか分らなかった。紅琴の眼は炎《ほむら》のように燃え、止め途ない愛情に駆られて、フローラの身体を掻い抱いた。周囲《ぐるり》の丘や岩は、不思議な樹木の如く、咲き乱れた花の如く、刻々と白く高くなって行く。こうして、黄金郷の秘密も、悪霊ステツレルも、ラショワ島の殺人者も……、神秘と休息と眠りの中に、名状しがたい色調となり、溶け込んで行くのだった。(終り)

挿絵ギャラリー

十八時の音楽浴

海野《うんの》十三《じゅうざ》

科学小説
十八時の音楽浴
海野十三
高井貞二画

「十八時の音楽浴」梗概

はるか未来の地球では、科学兵器によって地表は荒廃し、わずかに残った人類は地下都市を築いて生活している。地底のミルキ国の大統領ミルキは、同国随一の科学者、博士コハクが作った「音楽浴」を百万人の全国民に義務付けている。国民は毎日十八時から三十分間、特殊な音響を身体に受けることによって、その後一時間は驚異的な知力と身体能力を発揮して職務に邁進するようになるので、ミルキ国は高い生産性を誇っている。さらに音楽浴は、ミルキ国とミルキに対する忠誠心と法令遵守精神を増強し、さらには国民の健康を維持する働きさえ持っている。音楽浴の音響を秘かに遮断する者、自ら身体を改造して性転換し、性欲の独立と自由によって精神を解放しようとする者といったレジスタント活動の萌芽はあるものの、音楽浴によってミルキは独裁体制を維持していた。

科学が完成すれば、あとはそれを運用する政治家しか必要ないと考える女大臣アサリの甘言によって、ミルキはコハクとミルキ夫人を殺害する。ミルキ夫人は音楽浴による独裁に疑問を持っており、アサリとミルキには邪魔な存在だった。大統領夫人のように振舞うようになるアサリ。

コハクが遺した人造人間研究を利用しようとするミルキとアサリだったが、ミルキが心を移しそうになった人造美少女アネットへの嫉妬と権力欲に狂ったアサリは、ミルキを無視して音楽浴を一日二十四回とする法令を発布し、国民を極限まで働かせ、忠誠を誓わせようとする。

国民が疲弊の極に達した時、火星からのロケットが観測される。火星人の侵略である。ミルキ国民はことごとく身体か精神を病んでおり、火星人を迎え撃つことができない。そこに、五百体のアネット型人造美少女を率いて現れたのは、殺されたはずの博士コハクだった。

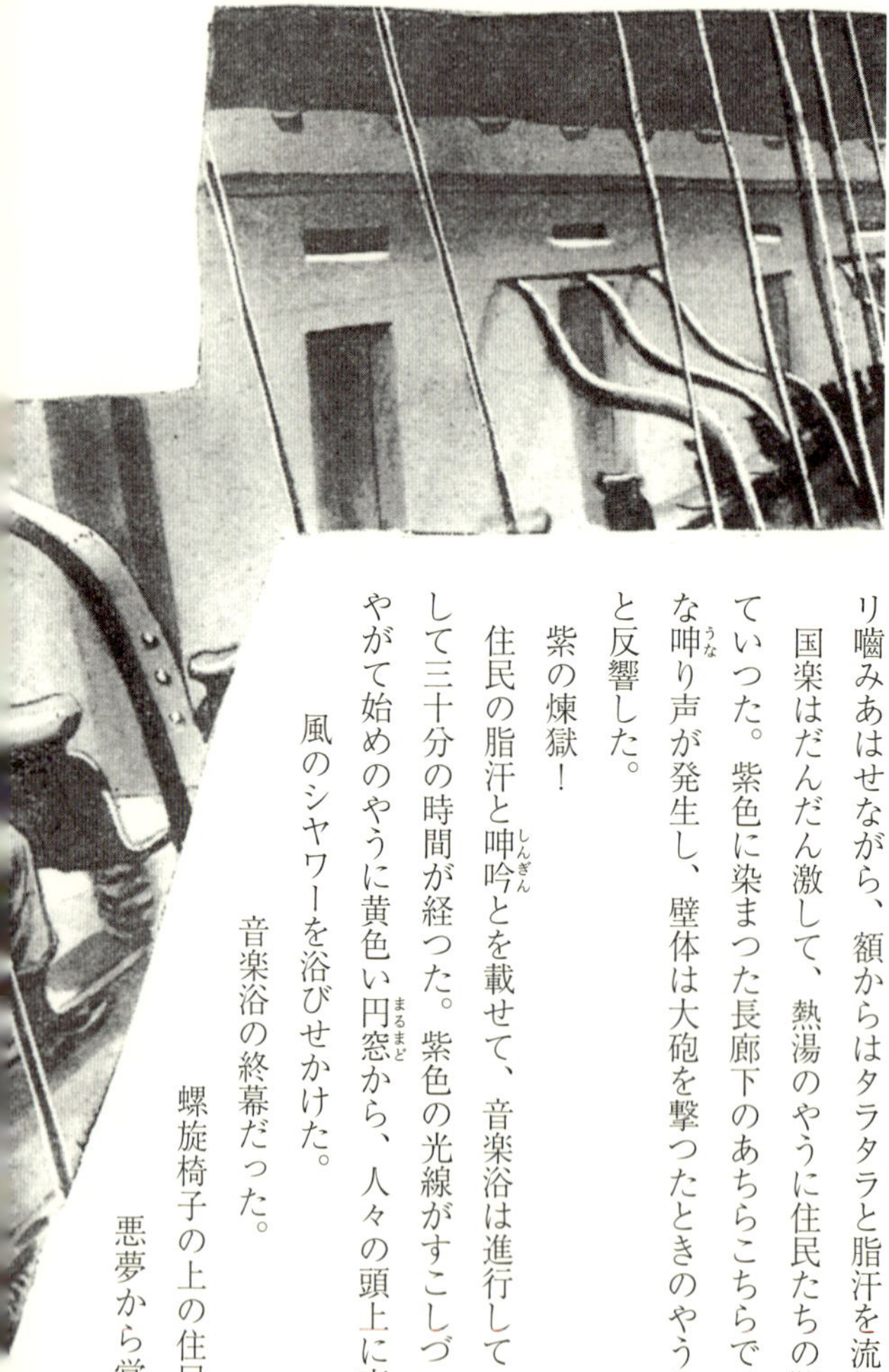

第39番の国楽は、螺旋《らせん》椅子を伝はつて、次第々々に強さを増していつた。博士はぢツと空間を凝視してゐる。女学員バラは瞑目して唇を痙攣させてゐる。男学員ペンは上下の歯をバリバリ嚙みあはせながら、額からはタラタラと脂汗を流してゐた。

国楽はだんだん激して、熱湯のやうに住民たちの脳底を蒸していつた。紫色に染まつた長廊下のあちらこちらでは獣《けだもの》のやうな呻《うな》り声が発生し、壁体は大砲を撃つたときのやうにピリピリと反響した。

紫の煉獄！

住民の脂汗と呻吟《しんぎん》とを載せて、音楽浴は進行していつた。そして三十分の時間が経つた。紫色の光線がすこしづつ薄れて、やがて始めのやうに黄色い円窓《まるまど》から、人々の頭上に爽やかなる

風のシヤワーを浴びせかけた。

音楽浴の終幕だつた。

螺旋椅子の上の住民たちは、

悪夢から覚めたやう

に天井を仰ぎ、そして隣りをうち眺めた。

「うう、音楽浴は済んだぞ。」

「さあ、早く下りろ。工場では、繊維の山がおいれたちをまつてらあ。」

「うむ、昨日の予定違ひを、今日のうちに挽回して置かなくちや。」

住民たちは、はち切れるやうな元気さをもつて、螺旋椅子から飛び下りるのだつた。

（初出誌本文より）

「といふのはつまり、十八時の音楽浴でもつて、住民はすべて鉄のやうな思想と鉄のやうな健康を持つではないか。彼等は皆、理想的な人間だ。しからばこの上に、なほ人造人間を作る必要があらうか。人造人間の研究費は国《こく》

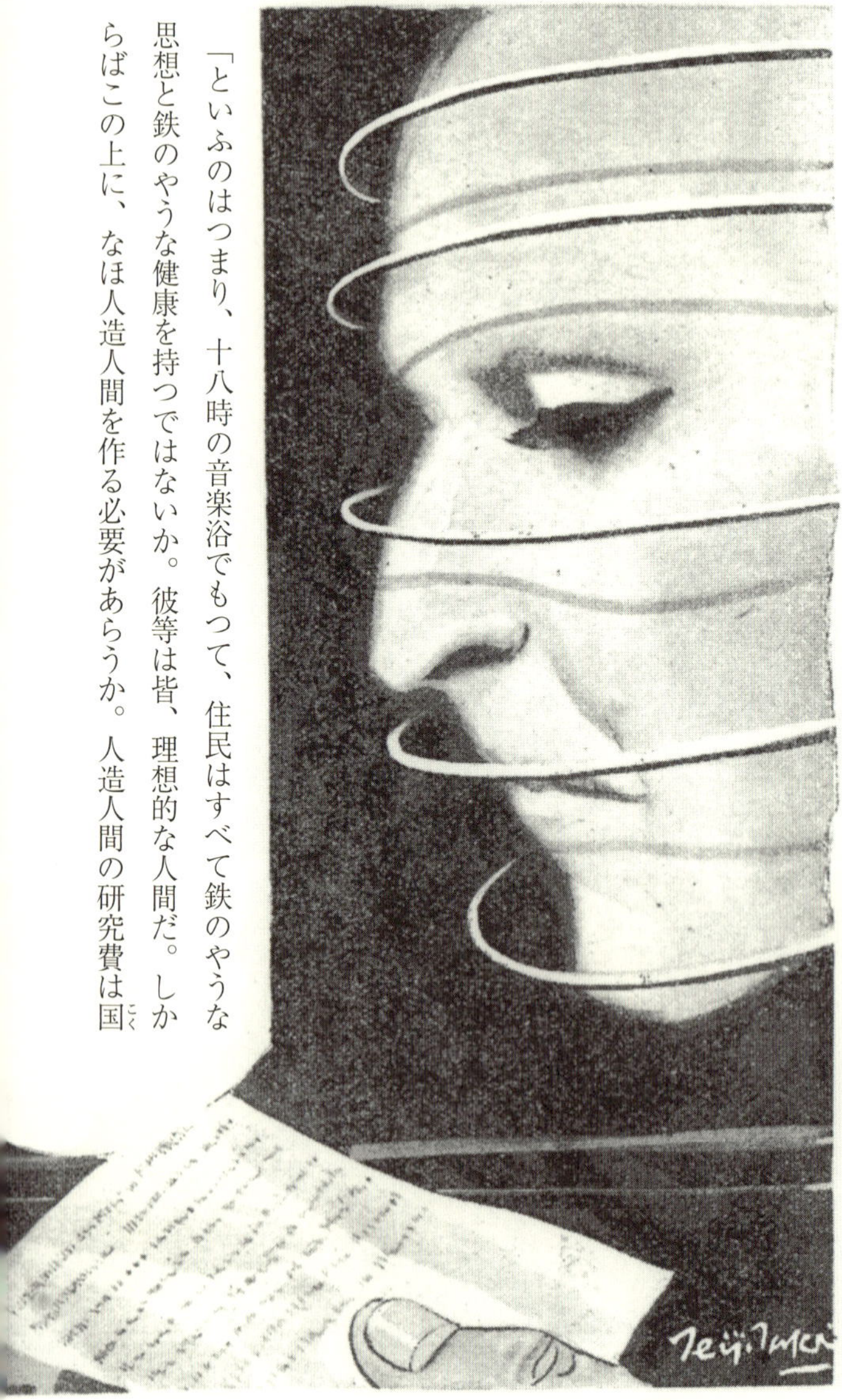

幣《へい》の二分の一にのぼつてゐる。そんな莫大な費用をかける必要が何処にあるだらうか。音楽浴の制度さへあれば、人造人間の必要はないと云ひたい。博士、どうぢやな。」

「閣下の仰有ることは分ります。ひとつ考慮させて頂きませう。」

「どうかさうして呉《く》れ給《たま》へ。――おお、忘れてゐた。家内が君に逢いたいさうだ。今夜ちよつと来て貰へまいか。」

（初出誌本文より）

ミルキ夫人は、それを見るより早く、博士の膝から跳ね下りた。ミルキ閣下は、髭の中から大きな両眼を剝きだし、鉄丸《てつがん》のやうな拳を振り上げながら、

「どうも結構な場面を拝見するものだ。法令では大統領夫人は庶民との恋愛的交渉を禁止してあるので、こんな場面なんか永遠に見られないかと思つてゐたのだ。お前は知つてやつたか知らないでやつたかわからぬがこのひどい冒瀆の場面は先程からテレビジヨンで全国へ放送されてゐたのだぞ。余が識《し》つたばかりではなく、国民全体が識つてゐるわ。さうなれば後はどうなるか、二人とも十分覚悟してゐることだらうな。」

と博士コハクに詰めよつた。

（初出誌本文より）

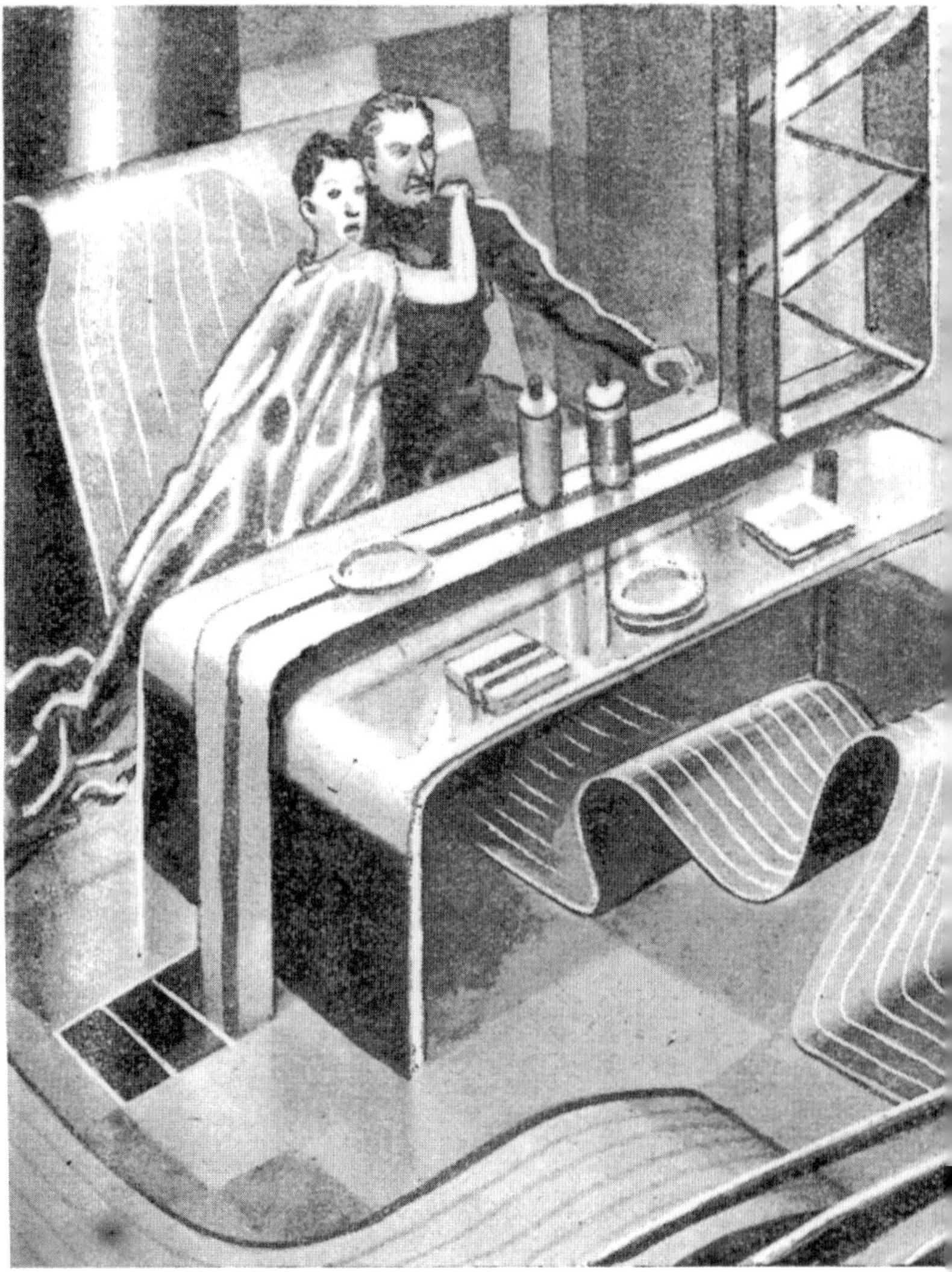

副主任と呼ばれてバラ女史は些《いささ》か得意だつたけれど、アリシア区を案内することは彼女にとつてむしろ迷惑なことだつた。

でも、命令は命令である。彼女はやむなく次の工作室から始めて、ミルキ閣下の一行を各室に導いていつた。

アリシア区は全体が同じ段階の上にあつた。そして室の数は大小合はせて十六にのぼつてゐた。しかしこの十六の部屋を悉《ことごとく》く知りつくしてゐるのは博士コハクだけであつて、バラは九室を。ペンは僅《わず》かに六室を知つてゐるだけだつた。

第六室までの案内は、至極無事に終つた。変つてゐるには相違ないが、さう愕《おどろ》くほどのものはなかつた。そこでバラは一行の方を振りかへり「第七室から、主として人造人間の秘密研究室になります。これから先は、すこし変つてゐますから、そのおつもりで‥‥。」

（初出誌本文より）

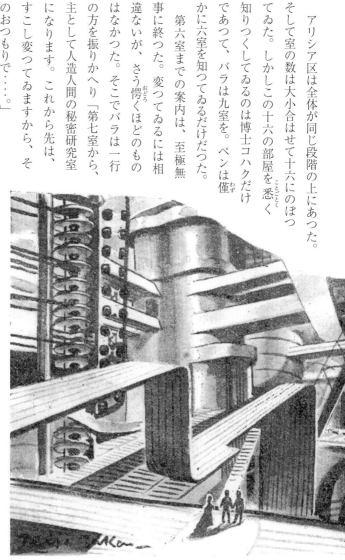

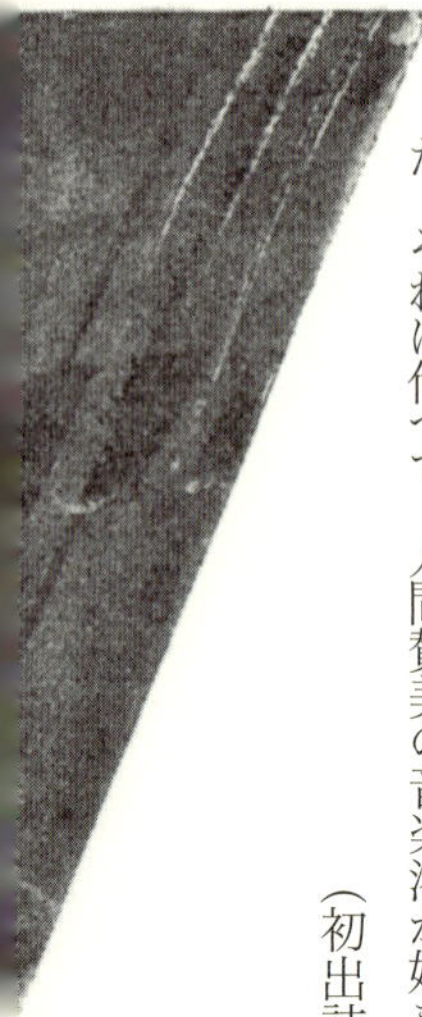

開《あ》かれたる第十室の入口から、悠然と姿を現はしたのは誰でもなく、それは死んだとばかり思はれてゐた博士コハク其の人だつた。彼はまるで甲蟲《かぶとむし》そつくりな奇異なる甲冑姿で現はれた。その後にはアネツトに似た人造人間が、無慮五百体もズラリと静粛につき従つてゐた。（中略）

間もなく室内のテレビジヨン電話のスクリーンに一人の人造人間の顔がうつつた。彼は博士の方を向いて口を開いた。

「ミルキ国の法令できめられた音譜は完全に破壊されました。それに代つて、人間賛美の音楽浴が始まりました。」

（初出誌本文より）

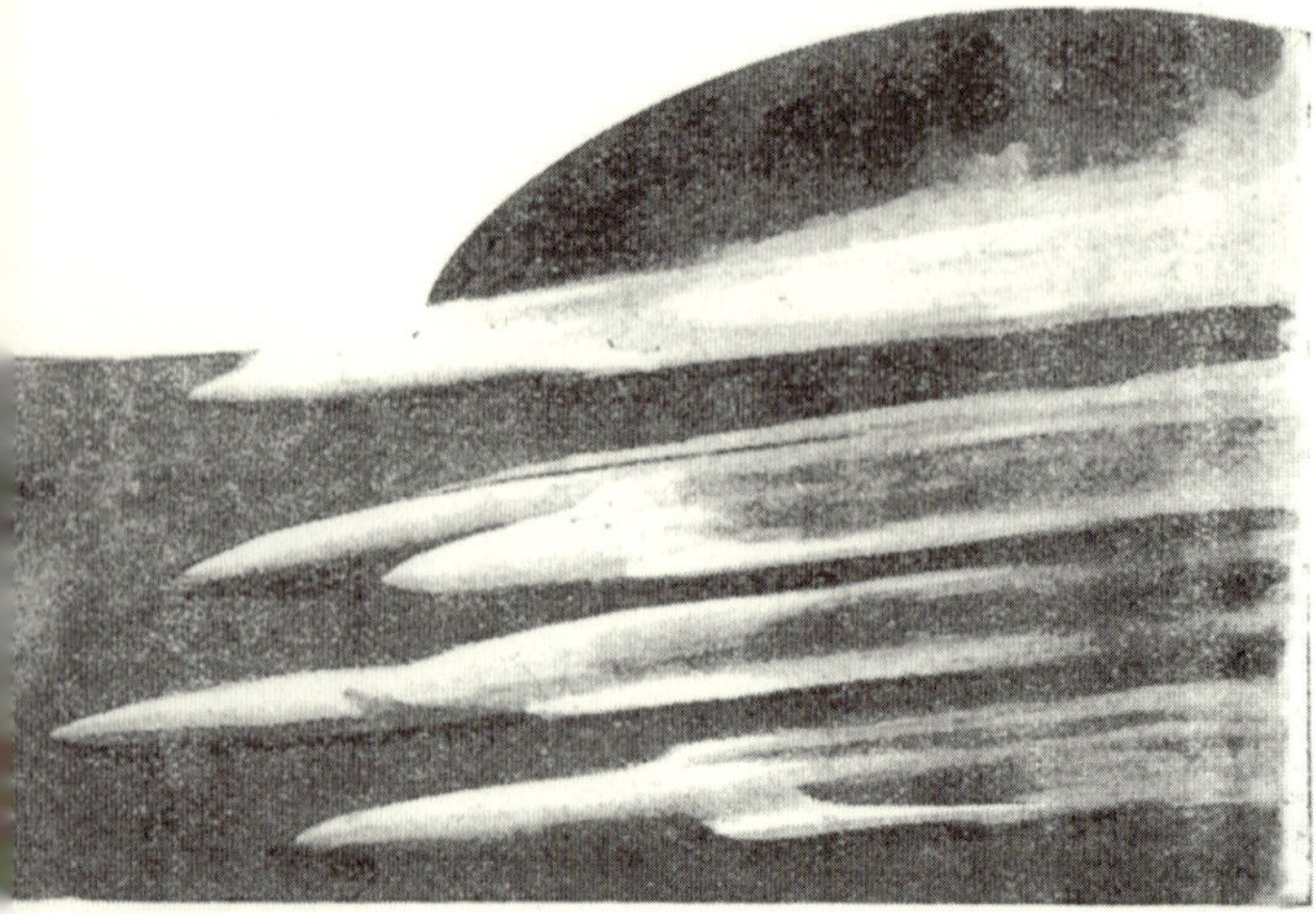

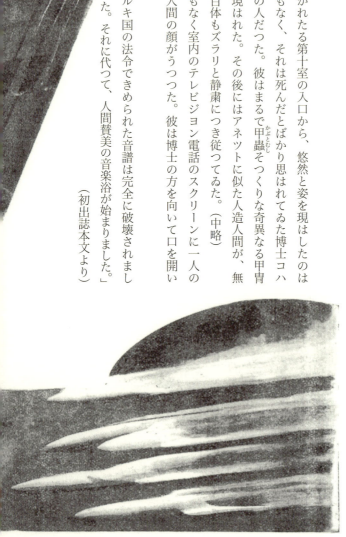

トーチカ・クラブ

式場隆三郎《しきばりゅうさぶろう》

怪奇小説 トーチカ・クラブ

式場隆三郎

地上楽園

佐山章子《さやまあきこ》夫人がフランス人形のような派手な風をして、神経

病医の志保《しほ》博士の研究室を訪れたのは、正月五日の夕方だった。志保は数年来、性格に及ぼす薬物の影響を研究していたので、自ら進んで各方面の人々に接しているのだった。佐山夫人は有《ゆう》閑《かん》マダムの見本のような人であるが、その多彩な性格は志保に深い興味をもたせていた。

「医者って厭《いや》な商売ね、まだ松の内だというのに、もうこんな穢《きたな》い仕事を始めているの」

彼女は黒い外套《がいとう》の間《あいだ》から金糸《きんし》のドレスをのぞかせながら、彼の傍《そば》の椅子のクッションを手袋で軽く払ってかけた。書物と薬物でいっぱいになっている志保の研究室にも、窓際の棚に正月らしく小さい餅が飾ってあった。彼はちらっとそれを見やりな

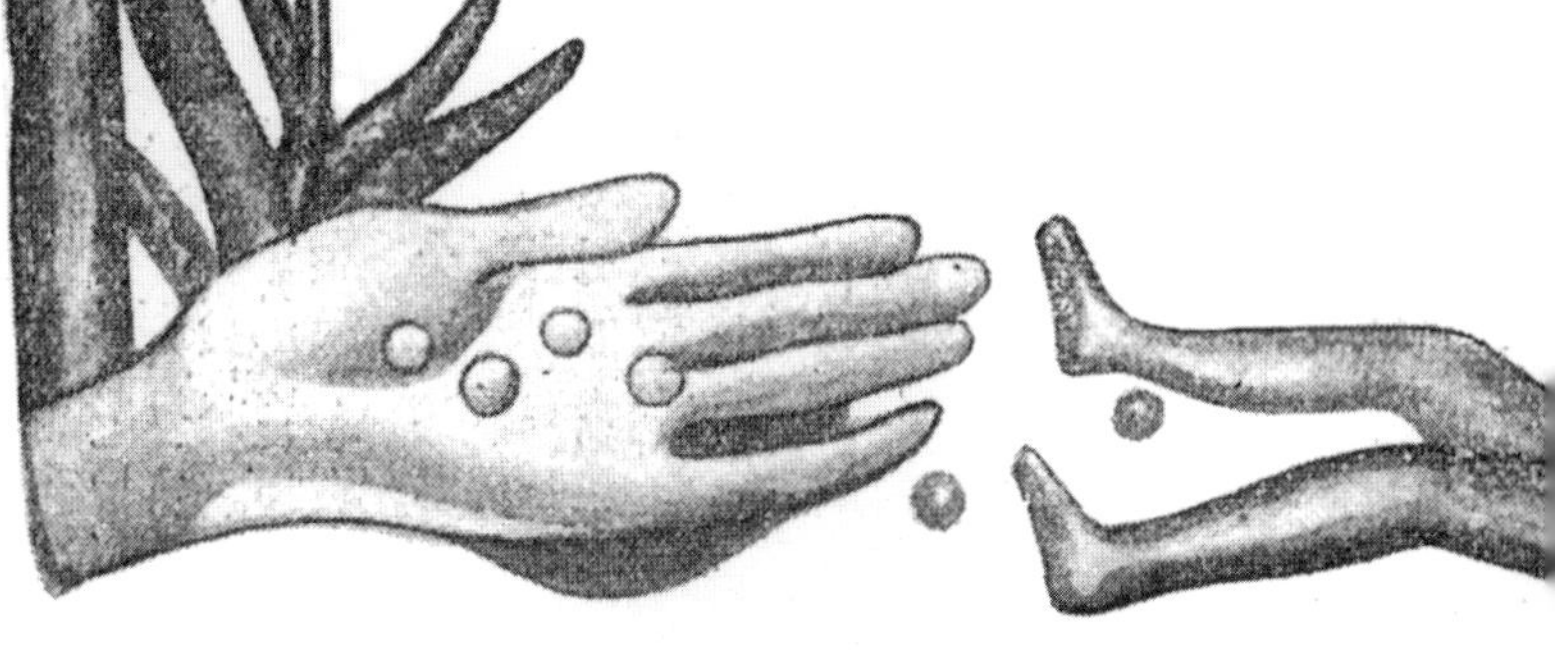

がら、佐山夫人と対座すると、いった。

「医者がさもしいからではないんですよ。患者様が元日でもおかまいなしに御入来《ごにゅうらい》ですからね。これからホールへお出ましでしょう。春になると禁止になるらしいから、今のうちにせいぜい楽しむんですね」

「時勢だから仕方がないわ。でも私は転向と肚《はら》をきめたから、あまり憫《あわれ》まないでよ」

「桃色転向も時勢ですね。こんどはどんな色になって、どこへ御出馬か見物していましょう」

「今日伺ったのは年始もあるけど、もっと重大なニュースをもってきたのよ」

そういって彼女の語る所によると、志保の友人の花村新吉《はなむらしんきち》が土橋《どばし》に近い西銀座《にしぎんざ》に、地上楽園という酒場《バア》を開業したというのだった。彼は有名な外科病院長の息子だが、医者が嫌いで文科へ入り、西洋美術西洋美術史を専攻した。病院の方は妹に医学士の婿をとらせて、自分は子供の弱いのを口実に逗子《ずし》の別荘に住み、好きな文学や美術を鑑賞して暮していた。何か仕事をしてはと、父母や友人にすすめられて、シナリオを書いてみたり、映画会社の美術顧問のようなことをしてみたこともあるが、長続きしなかった。頭はよいし財力もあるので彼の遊んでいることは皆から惜しまれていた。その花村が突然、銀座にバアを始めたというのだから、佐山夫人のいうように大きなニュウスに違いなかった。しかし、彼が急にそうしたものをやる理由として考えられるのは恋人ができたか、家庭に面白くないことが起ったかの二つである。

「地上楽園か、ウィリヤム・モリスだね。ラスキン文庫が失敗《しくじ》ったばかりなのに、大丈夫かしら」

愛人ができたのか、と露骨にきくのも厭なので、志保はこんな風にいってみた。佐山夫人は、恋人ができたのでもなく、他《た》にこれだという理由もないらしいが、すっかり乗気になって活動している。細君も賛成したし、父母も気持よく資金を出してくれたので、すらすらと進んだのだという。

「花村さんは、案外健実な人でしょう。大丈夫だわ。お医者さんの婿さんの方が、かえってルーズで信用がないらしいわ」

それにしても、ダンスホールが閉鎖を命ぜられることに決り、バアもやがて同じ運命になろうとしている時勢に、今まで正業はないが信用のあった花村が、水商売を始めたことは、青天《せいてん》の霹靂《へきれき》という感じだった。ひっこみ思案《じあん》な、だまり虫が、思いがけないことをする例は珍しくない。これも性格研究のテーマの一つかな、と志保は苦笑した。開業通知の来ないのは、ああいう商売を始める時の大事なことを忘れているとも云えるが、そこが又花村らしい羞恥屋《はにかみや》の現われともみられる。真相は解らないでも、恋人のための止むない開業でもなく、家庭争議の結果でもないとすれば、金持の道楽として悪くもなかろう、ひょっこり出かけて驚かしてやろう。志保はこんな風に解釈して、佐山夫人と別れた。

バア・トーチカ

志保の友人に、英国の陶工《とうこう》リーチという男がある。永らく日本に住んでいたが、十四年振りで再遊《さいゆう》して驚いたのは、丸《まる》の内《うち》や銀座の建物ではなかった。若い女の化粧や服装と、それにつれて起った動作や思想の激変だった。もう一つの新日本風景は、カフェとバアの氾濫《はんらん》であった。リーチはその建物の奇想天外であるばかりでなく、名前のおかしさは、正に、「ホーフク・ゼットー」だ、こんな土産は夢想だにしなかった。そういって彼は珍名を蒐集《しゅうしゅう》した手帖を開いてみせた。

「カフェ・ベリグッド、カフェ・ヴァージンウッド、カフェ・オーライ、バア・ホット！」

などいうのがその一部で、新造語「モチコース」（勿論《もちろん》と英語のオフコースの合作）と共に、日本にいたことのある妻への楽しい土産《みやげ》だと笑った。半分日本人のリーチは、決して日本文化を軽蔑する種を拾いあげているのではなかった。外来の激しい波をかぶっている新日本のユーモラスな一面として指摘したのである。

志保はある夜、リーチの驚異を想いだしながら、花村のバアを探すために銀座裏を歩いていた。あの辺は常連にとっては、眼をつぶっても歩けるだろう。十歩あるけばどの店へ入り、二十歩右へ曲ればどのバーへ入れるという位に覚えられる所であろう。志保にとっては、どのネオンもランタンも眼新しいものばかりだった。その中にあって、一際《ひときわ》異様にみえるものがあった。西銀座はいくつ通りがあって、それを縫う小道がいくつあるのだろう。ぐるぐるあてもなく歩いていた志保は、一寸《ちょっと》淋しい露路に、バア・トーチカという驚くべきものを発見した。新造語の天才は、それをたちまちこうした建物にまで実現していたのであった。トーチカと云えば、日支事変以来、初めて日本に知られたものである。上海《シャンハイ》戦線この方、皇軍《こうぐん》をどれだけ悩まし、尊い血潮を吸ったかしれないトーチカが、バアになって銀座の裏に出現しようとは思われなかった。

小さいものは深夜に苦力《クーリー》を使って築造し、日中はアンペラをかけて人の目を誤間化《ごまか》し、大きいものは白樺《しらかば》の家とか云って家の内部にひそかに造ってあったというトーチカ。最も小さいのは文字通りポイントのようで、一二日中にできてしまうという怪武器トーチカ。その無数の構築は、空の荒鷲《あらわし》さえも悩ましたという。この日本人にとって恨めしい新兵器の一種が、猟奇《りょうき》を好む銀座人を吸収するための酒場につくられたのである。志保はリーチが嗤《わら》ったような軽い気持でなく、腹の底から軽蔑したいような、憤激に近い気持を抱いた。

近づいてみると、機関銃口まで本物に似せてつくられ、四五本の機関銃を摸したものが狭い露路に向って突出ている。その上には白々しく、祝南京陥落《しゅくナンキンかんらく》の旗が吊されていた。そして銃口からは、ほのかな光りが洩れる。銃口にレンズが嵌められて、覗きからくりの仕掛になっていて、奥には南京や上海や北支《ほくし》の写真がパノラマのように飾られていた。幸《さいわい》に通りには人がいなかったので、志保は並んだ銃口を

一つ一つ覗いてみた。精巧な立体写真は、このバアへ誘いこむ魅力をもっていた。今まで悪どい際物バアとして腹をたてていた彼も、恐ろしいような好奇心にかられた。インチキもここまで徹底すると、一種の迫力がある。

入口を探したが丸いトーチカは、どこにもそれらしいものはない。方々《ほうぼう》を手探りしていると、小さい突出したものにあたった。淡いネオンの光りに眼をすえてみると、白い髑髏《どくろ》の浮彫だった。そこに鍵でもあるのかと弄《いじ》っている中に、ジイジイというブザーがトーチカの内部に鳴って、今まで白かったものが赤くなり、その部分が三尺四方ぐらい内側へあいた。しかし、内部は真黒で何もみえない。するとその中から支那服をきた少女がでてきて、

「パスをお出し下さい」と云った。「パス?」と志保は驚いて訊き返した。

「初めてですか。ここは会員組織で、新しい方は紹介状がなければ、おいれできません」

「紹介状はどこで貰えばいいの」

「ここを御存じの方が沢山《たくさん》あります。その方に身元を証明して貰っておいでになればいいのです」

志保は莫迦《ばか》らしくなって、もうよそうと思った。会員組織も笑わせるし、そ

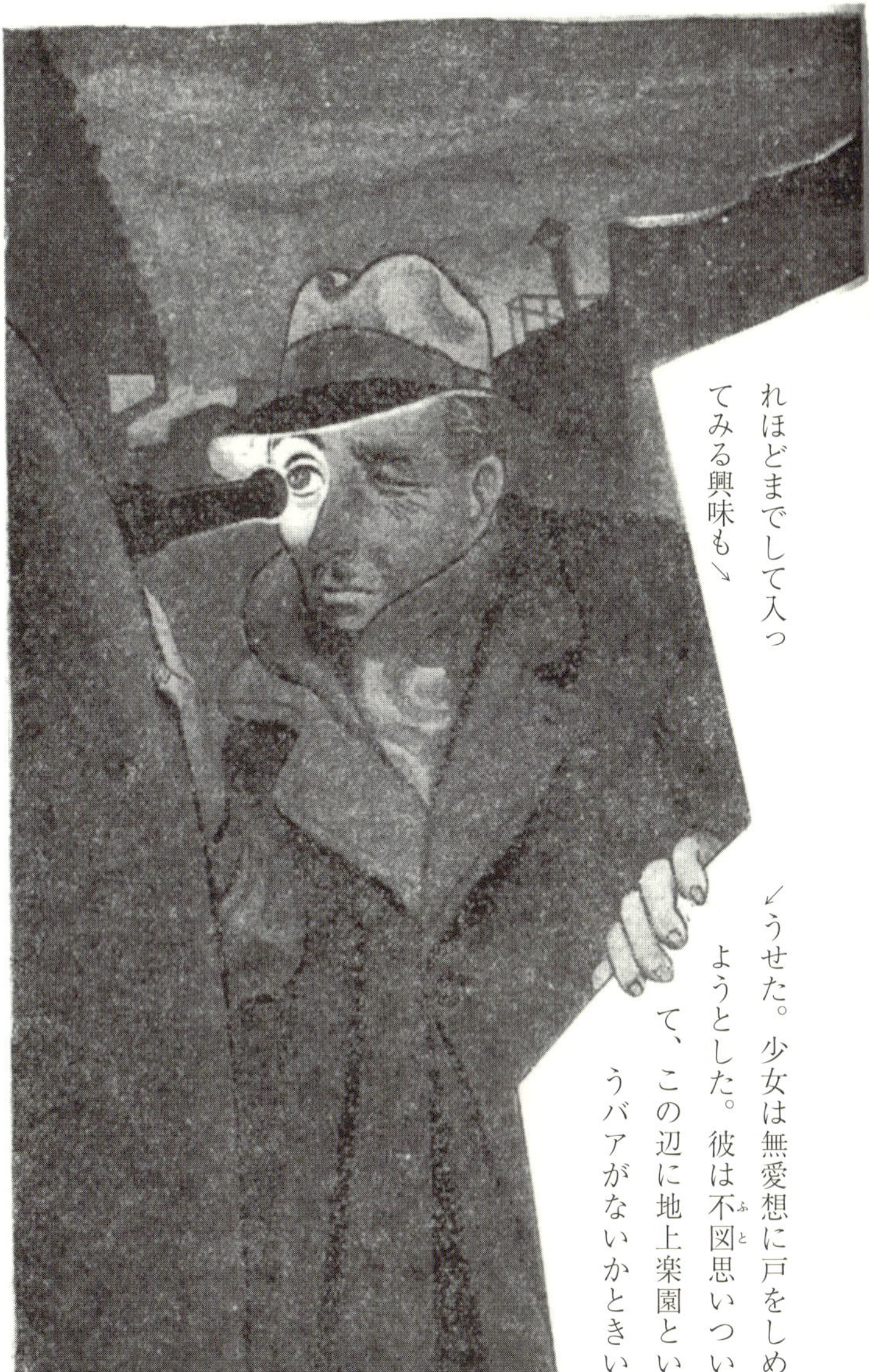

れほどまでして入ってみる興味も↘

↙うせた。少女は無愛想に戸をしめようとした。彼は不図《ふと》思いついて、この辺に地上楽園というバアがないかときいた。少女は急に親切になって、その場所を教えた。そして、主人の花村さんもクラブ員だから、御存じならその方に紹介して貰えとつけ加えた。

花村までが、トーチカへ出入りしているのは意外なことだった。現代のインテリゲンチャは、何か弱々しい所があって、彼等が頭では軽蔑しているものに、案外やすやすと溺れてゆく。志保は一瞬哀しい気持になった。そしてもう花村の酒場を訪ねるのもやめて、帰ってしまおうと思いながら、足はやはり地上楽園へ向っていた。

それはすぐみつかった。志保が想像していたような中世紀風のバーでなく、明るいフランス風のものだった。花村は少し驚いたような顔付をしたが、期待していたというようにもとれた。志保は開業の理由をきいて、いろいろ弁解がましいことを云われるのも厭だったので、話題をトーチカにもって行った。興味があるなら紹介する、会員になってみないかと花村は笑いながら説明した。

初めての人は、パスがないかとおどかされたり、勿体振られて腹を立てるか、一層好奇心を唆られるが実際はインチキなものでない。ある金持が道楽で始めたもので、儲らんでもいいから筋の通った客だけを相手にしている。それに飲物と食物がこっているので、会員でも予め電話で申込んでから出かけるのだという。

「外《そと》は少し悪趣味かもしれんが、入ってみると気持はいいぜ。本式の支那《しな》家具で、酒はうまいし食物も変っている。日本一の異色ある酒場だよ。世界にも一寸類がないだろう」

「機関銃と髑髏にはおどろかされたよ」

「ああれか。あのテストに合格する人だけが入会の資格を得るんだね。この頃はやりのトーチカ心臓というやつだ」

五色のジャム

忙しい君のことだ、また出直すのも大変だろう、これからすぐ案内するという花村の言葉に、あまり気は進まなくなっていた志保も、ついてゆくことにした。その道すがら花村はどうして地上楽園を開いたかを手短に語った。

「恋人ができて、それをマダムにして楽しむんだとでも云いたい所だが、急の思いつきだけさ。何の臼くも味噌もないんだから、人の見る眼はどうか知らんが、当人は案外つまらない気持だ」

しかし、妻が真先に賛成して父母をときつけ、自分で場所や家《うち》までみつけてくれたので、今更引こみもつかなくなって始めてしまった。三千円で間に合うと云うのに、父が五千円出してくれたのも近来気持のいいことだったという。

「君のことだから、ゴシックの寺のような陰気なバーで、モリスの肖像でもかかっているのかと思ったよ」

「それではラスキンの二の舞になるよ。僕はもっと堅実派だし、フランス趣味だからね」

二人はトーチカについた。伝家の宝刀も吊さず、手榴弾も持たない文化の戦士（?）は、煙草をふかしながら、やすやすと内部へ入ることができた。外は陰気そうにみえたが、中は天井も高く明るかった。家具はすっかり支那製で、上には赤い卍《まんじ》のついた提灯が下げられていて、何だか寺院のような感じだった。

志保は主人の王丸好寿《おうまるこうじゅ》という肥った背広をきた男に紹介されて、入会の手続をすることになった。花村が十数年来の親友だと説明すると、王丸はにこやかに挨拶をしたが、職業が病院長だというと一寸顔を曇らした。しかし、すぐ笑声《わらいごえ》になって、医者の会員も五六人はいるといった。彼は入会書に署名を求めて、所定の維持費を受取ると、真鋳《しんちゅう》のパスを渡しながら、どうしてこんな面倒をするかを説明した。大体花村の云ったような趣旨だったが、「時勢が時勢だから、いかがわしい人物は入れたくない」とつけ加えるのだった。そして自分はこの年をして、まだ文学青年であること、若い頃に読んだ谷崎潤一郎《たにざきじゅんいちろう》の「美食倶楽部」を実現してみたい気持もあって、このバアをつくったのだ。だから外見はトーチカづくりで尖端をゆくようにみせかけてあるが、中には明治末期か大正初期の古い精神が流れているのだという。

王丸はすぐ奥へ去った。志保は改めて室内を見廻した。客は五六人の男女で、皆中年のものばかりで、バアという概念とはおよそかけ離れたものだった。第一スタンドもないし、酒の壜は一本も並んでいない。それに華美な洋装の女もいない。支那服をきた二十歳の女がひとり静かに、用をたしているだけだった。それに不思議なことは、酔っているものが一人もいないし、顔を赭《あか》らめた客さえもない。まるで上品な喫茶店のような感じだった。中にはコーヒーを飲んでいる人があったり、チョコレートを食べている女もあった。それすらもとらないで、煙草だけを静かに燻《くゆ》らしている人さえもある。誰も口をきかないで、黙々として卓子《テーブル》についている。如何にクラブ組織だとは云え、あまりにも殺風景だった。
花村が立って行って女給に何か注文してくると、大きな銀の盆に次のような品々が並んでいた。

五色のジャム　一皿
紫色のトースト　一片
黒コーヒー　一椀
水色の紙巻煙草　一本
銅色の洋酒　一杯
生姜の砂糖漬　一片
黄色の錠剤　一粒

初めての時は、一通り持って来らせるのだから、どれでも試してみよと云われて、志保はジャムを舐めてみることにした。白磁《はくじ》の小皿に美しく五色に彩られたジャムは、ぷんと異様な匂いがしたが、思い切って口に入れてみると、まるで味がない。谷崎の美食クラブの愛読者である王丸は、あの中に先ず味のないスープが出てきて人々に不満を抱かせるが、少したつとげっぷが出て、それに何とも云えぬうまい味がついているという描写に倣《なら》ったのであろう。志保は初期の谷崎趣味を今頃持ちだす王丸を軽蔑したくなったので、わざと呆《とぼ》けて、こんな味のないジャムは舐められないじゃないかと小言を云った。花村は、

「初めの中は、みんなそういうよ。しかし我慢して一皿だけ舐めてみてくれ。あとで合点がゆくのだから」

と意味ありげになだめた。

「錠剤や生姜を出すバアもないね。まるで風邪を治す漢法《(ママ)》医みたいだ。僕は酒を貰おう」

と志保が不平を洩すと、その前に煙草を喫ってみよという。西洋では紙巻の一本売りも珍しくないが、日本では葉巻以外は箱か袋で売る習慣なのに、恭《うやうや》しく銀盆に一本だけをもってきた。みると水色の太巻である。松葉煙草のようにきな臭いものだろうと火をつけて喫うと、アブドラに似たいい匂いがする。それを燻《くゆ》らしながら酒を待っている志保の肩をたたいて、

「もうそれでやめ給え。次の部屋にはもっとうまいものがある」

と花村は立上った。

笑うスープ

第二の部屋は明るい洋風な食堂で、十人ぐらいの客がテーブルについていた。傍にはピアノが据えてあってショパンの夜曲を弾いている。やがて皆の前にスープが配られた。やや青味を帯びた透明の温かいスープである。味は殆どない。そして、いくら待っても次の料理が出て来ないのだった。いよいよ、美食クラブの真似が濃厚であると察した志保は、ひどく失望した。

新しい刺戟を逐《お》う都会人は、あらゆる種類の都会料理を探して歩き、それが一通り味わいつくされると、今度は田舎《いなか》の下手物《げてもの》料理に走る。でないとこうした悪食《あくじき》か猟奇的なものにつかまるより他はないのか。作者すらもう厭になっているだろうあの小説も、昭和十三年の新時代に摸倣して人を集めようとする時代おくれがいるのか。建物のトーチカも安カフェ以上の下劣さだが、飲食物の陳腐さは鼻持がならない。今にげっぷが出てくるのだろう。そしてみんな舌舐《したなめ》ずりをするのか。最後には電気を消して、裸体美人のキャベツ巻きが出て、手さぐりで食べさせるのか。もう沢山だ、俺はここで帰ろうかしら、と彼は苦々しく思った。

だが、立ちかねている彼の胸は何時《いつ》までもすっとして、げっぷも出そうにない。その中に思いがけない光景が、彼の前に展開して行った。みんなにやにや笑い出したのである。訳もなく笑顔になって、嬉しそうにしている。狂人《きちがい》が意味なく楽しくなるオイフォリー（多幸症）のように、一座の人々は笑顔を向け合っている。それを不審げに観察していた志保自身も、何となく愉快になってきた。今までの不満が消えてこうしているのが耐らなく愉しい気がしだした。

この不思議な多幸症に陥った患者達の中から、一人大声で笑いを爆発さしたものがある。するとそれが導火線のようになって、激しい哄笑《こうしょう》がどっと起った。どうすることも出来ない、抵抗出来ないような哄笑である。原因は何もない。音楽は相変らず静かなノクターンである。ただ笑いが爆発するように人々の口から奔出する。まるで発作的な笑いのようで、耐えることができない。恥しくって抑えようとするが、抑え切れない哄笑である。志保は死と闘うような強い意志の力でそれを制御しようと努めたが、どうしても笑《わらい》をとめることが出来ず、狂笑の渦巻の中へ落ちて行った。

ピアノがやんで、銅羅が鳴りひびいた。ボーイは笑の嵐を鎮めながら叫んだ。

「どうぞお隣りへ、酔いはもう十分です。パラダイスへ、隣のパラダイスへ」

しかし、誰もそれに従う者はない、果しない哄笑がつづいている。ボーイは二三人で隣の扉《ドア》をあけて、立ってあちこちに笑いこけている人々を押しやった。

妄想室

笑う人々の群が入って行った第三室は、厚い防音装置の施されたホールであった。家具はベンチとソファだけである。灯《ひ》は月光のような青白い電燈が、部屋の四隅についているが、それはある時間を置いて明滅《めいめつ》するように出来ていた。

宗教のある派には、地獄極楽をみることを究局《(ママ)》の目的とするものがある。信仰深いものほど早くそれを見ることが出来る。何時までたっても見られないものは、罪深い人間とされている。彼等は一心に祈って、一日も早く地獄極楽を巡って来るように努める。このトーチカ・クラブは、一杯のスープ一本の煙草でたちまち天国と地獄をみせるのだからそういう宗教よりは一歩進んだもののようだ。

第二室は天国にのぼる梯子《はしご》であり、地獄におりる穽《あなぐら》でもある。第三室には正常な人間は一人もいない。天使と悪魔が同居しているのだった。前の部屋では、笑いの海に漾《ただよ》っていた彼等も、第三室では各々違った現象を発する。

踊るもの、跳ねるもの、叫ぶもの、唄うもの、洒落を飛ばすもの、野卑《やひ》な言葉を吐きつづけるもの、乱痴気騒ぎなどいう形容の及びもつかない蕪雑《ぶざつ》狂躁《きょうそう》に身をまかしている人々があると思うと、静かにベンチにかけ、ソファに横《よこた》わって、天使の如く柔和な顔で、星と語り月と話しているような冥想に耽る人々がいる。誰一人、人間らしい顔をしたものはない。変性した形相は、もはやこの世のものではない。

志保は段々気が遠くなり、それとほとんど同時に頭の中へ別の人間の魂《たましい》が入って来たのを感じた。今までの医学博士志保恵一が消えてしまって、市井のゴロツキ以下の人間が彼の頭の中に入ってくるような気がした。そうして彼は暴れ廻る人々の群に投じたが、やがて又意識が恢復してくるのが解った。しかし、その時はもう以前の彼ではなかった。スープを啜っている時に花村が傍にいたのは覚えているが、それからは花村のことなどは忘れてしまった。どうしてこんな所へ来て、馬鹿騒ぎをしているかを考え

ることが出来なかった。それは夢とは違う意識の変換であった。
やがて幻覚が起ってきた。外界のみえる物がすべて奇怪な形になって、今まで見たこともない形に変ってゆく。突然それらは変形して自分の体内に入りこむ。音に色彩が見え、色彩に音が出る。頭の中に難しい数学の方程式が現われて、ひとりでに式がとけて数字が生きもののように走りながら答を出してゆく。それがぱっと消えるとパイプが出て来た。何時も自分の喫いつけているコハクのパイプだ。そ

れを啣《くわ》えようとすると、吸口の中へ自分が何の苦もなくすうっと入ってゆく。やにが全身にべとべとつきまとって、どうしても出られない。もがいている中に音をたてて湯呑《ゆのみ》茶碗の中へぽちゃんと落ちる。深い海の底へ沈んでゆくようだ。そして段々自分が小さくなってゆくのが解る。初めは子供のようになり、赤坊になり、胎児になって、卵にかえり、それから全く消えて終う。それから後は自分の姿は全くない。ただ意識だけが残っている。天地創造の頃のような、混沌とした霧のような闇のような空漠《くうばく》としたものの中に、自分という意識だけが無限の中に漾っている、その最後に残った大切な意識も、時々ぱっと消えて何もなくなってしまう。

このように自我が明滅している中に、しんと澄んだように意識が強くなって、喜悦が湧いて人間らしい気持が戻ってきた。

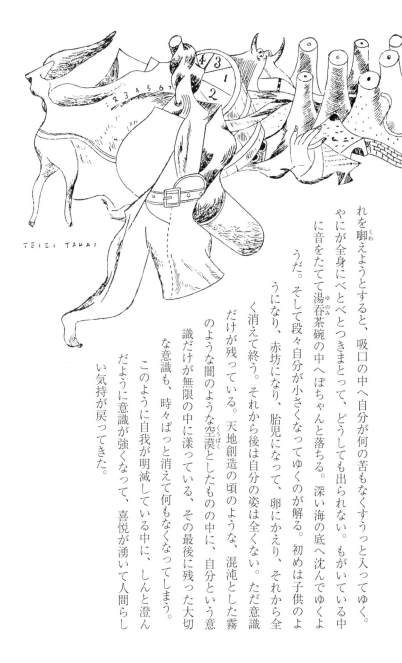

覚醒酸

周囲を見ると、今迄とはまるで違った支那風の寝室の床にねていた。十七八の和服をきた娘が傍にいて、眼がさめたらこちらへおいで下さいといって案内されたのは、純日本風の茶室だった。香《こう》がたきこめてあるのか、いい匂いがして別世界へ入ったことが沁々《しみじみ》わかる。誰もいない。志保は上座に坐らされて、大きな茶碗を出された。茶の湯に使う赤い楽焼《らくやき》に、白い釉《くすり》をかけたものだった。しかし、中には茶が淹れてなかった。震《ふる》えあがるようにすっぱい水が入っていた。

それを飲みほすと、気持がはればれした。少女は今度は皿に盛った果物を運んできた。赤い柘榴《ざくろ》の実だった。こうつづけてすっぱいものをとらせるのは、何か理由があるのかと思ったが、黙ってたべた。それをさげると、大きな硝子《ガラス》のコップに無色の飲物をもって来た。それは普通のリモナーデのようなものだった。

気分はすっかりよくなった。酒の酔いからさめた後と違った感じである。夢か昏睡からさめた時のようである。無言で今までのことを思い出そうと努めていると、少女は外に車が待っているからと帰りを促した。

出口は入ったトーチカと違った所で、五六階のビルディングらしい。外に出てみるともう夜は更けていた。時計は二時過である。トーチカの中にどれ位いたのか判然とは思い出せない。そこへ入ってからのことが、断片的に頭に浮んでくる。

メスカリン

翌日、患者の診療を終えて研究室へ入った志保は、トーチカ・クラブを科学のメスで分析すべく記憶に残ったことを書きとめてみた。彼が丁度研究している薬物による感情や気質の変化の好資料であることも奇縁だった。クラブは何か酩酊状態を起す麻薬を濫用しているに違いなかった。曾《かつ》てスティーヴンソンが「ジキル博士とハイド氏」の中に使った性格変異剤は何を材料としたものか解らないが、ああいう善人と悪人の交代性は、変質者やヒステリーなどにも見られる現象で、今の科学からはそう不可思議なものではない。トーチカ・クラブのものは、もっと違った薬物に相違ない。

志保の頭に浮んだものは、メスカリンだった。近年精神病理学の一研究材料として、方々の実験成績が発表されて大衆の興味さえひいているこの秘薬が、猟奇を逐う者の手に入らぬとも限らない。北米合衆国の南部やメキシコの土着民族である印度人《インド》の間には、仙人掌《しゃぼてん》科植物からとる、ある種の薬物を宗教的儀式の際に、陶酔剤《とうすいざい》として使う風習がある。彼等は古くからその薬物によって精神の変化を起すことを知っていた。活発な幻覚を伴う意識の異常と、極度に昂揚する感情の変換の中に浸りながら、接神的体験をほしいままにするのである。この陶酔剤の化学的分析に初めて手をそめたのは、レイヴィンであった。彼はそのシロップのような液体から一種のアルカロイドを分離して、アンハロニンと命名した。しかし、ヘッフテルの精細な研究によって、更に三つのアルカロイドが含まれていることがわかった。それはアンハロニジン、ロフォフォリン、メスカリンと称ばれるものであった。この四種のものの中で、前の三つの薬理作用は単純なもので、軽度の嗜眠感《しみんかん》、頭部圧痛《あっつう》、顔面紅潮、熱感などであるが、メスカリンは最も多量に含まれて特有の作用をもっている。

ヘッフテルは大胆にも自己実験を試みて、幻視を伴う酩酊状態に陥って、時間の意識がなくなり、徐脈《じょみゃく》、瞳孔散大《どうこうさんだい》、悪心《おしん》、頭痛などの起こることを報告した。その後この薬物は合成的につくられるようになって、自己実験によって、狂人の心理を体験する研究が各所に始められた。健康者が人工的に狂人になり変って、その心理解剖を自らやったり、人にも観察して貰うのである。この研究は数年前から、日本にも行われつつあるものだ。メスカリン酩酊の特徴は、まず感覚器官が非常に過敏になってくる。殊に色彩刺戟に対する感受性が昂進する。そして必ず幻覚と妄覚が起る。中でも視覚の異常が著名なものである。普通の時に見えないものが見えてきたり、形を変えたり色が変ってみえるか、変な音に聴えたりする。それに時間と空間の知覚も錯乱してしまう。感情はある時は感傷的で泣き出すかと思うと、ある時は歓喜に燃え、連想作用は天馬《てんば》の空をゆくように飛び廻る。

このメスカリン酩酊の特異な症状は、どんな強い酒の酩酊も及ばないものだ。日本の医学者の使うのは、ドイツのメルク会社製剤の Mescalinum sulfuricum《メスカリヌム・スルフリフム》 が多いが、二十倍ぐらいに溶解したものを、○・××というように少量つかっても反応が現われる劇薬で、医者以外の使用を禁止されている。王丸はこの薬をどこかで手に入れて使っているのではないか。

アシッシュ

haschisch はハシッシ、アシッシュとも称ばれる麻薬である。「アラビヤ夜話《やわ》」やデュマの「モンテクリスト伯」にも出てくるが、ボオドレエルの「人工楽園」の描写が最も有名である。アシッシュは元来、東洋産の麻薬で、印度大麻《たいま》からとる。その作用は古代埃及《エジプト》でも知られていた。ヘロドートによれば、シィティヤ人は大麻の実を集めて、その上に火で真赤に焼いた石を投げると、ギリシャの蒸風呂よりもずっとよい匂いがして、それを吸うと歓喜の叫びをあげずにいられなくなるという。大麻の収穫時になると、農夫達が時々酔ったような状態になることがある。ある者は夢遊病のようになって、ふらふらとあてもなく歩き廻り、ある者は長い長い夢をみつづけ、ある者は手足がきかなくなる。

大麻の実をたべた鳥や馬が暴れ狂う有様は、昔から多くの人々が目撃した。この蕁麻《じんま》科植物からとられるアシッシュは、ベンガル産のものが最もよく、エジプト、コンスタンチノープル、ペルー、アルジェリア産のものは、少しく品質が悪いとされている。フランス人が最も好んで用い、秘密クラブまで出来ていて、それに関する文献も少くない。ボオドレエルは阿片《あへん》耽溺者であり、アシッシュの溺愛者でもあった。酒がそれらの効果を強めるために用いられたことは云うまでもない。大正の初め、彼が日本の詩人達に愛された頃には、その詩境を味わうためにアシッシュを探し求めた人々が多かったと伝えられている。中には入手して試みたと云っている人もあった。しかし、この麻薬が日本にひろがらなかったのは、文学のためにも国民の健康のためにも悦ばしいことだった。他の麻薬が西欧の文化の輸入と共に恐ろしい勢いでわが国にひろがったことは嘆わしいが、アシッシュの芽は何故か伸びなかった。使用法の難しいためにもよるだろう。

志保はトーチカ・クラブが、メスカリンでなくアシッシュを使っているらしいと解釈した。第一室で運ばれてきたものは、みんなボオドレエルの人工楽園に描かれた品々である。谷崎趣味だと誤間化しているが、フランスの秘密クラブの摸倣だったのである。あのバアがあまり食物を出さないのは、空腹ほどアシッシュがよく効くからで、「笑いのスープ」は、ただ空腹を一時的に抑えるに過ぎないのだった。最後に出す酸とリモナーデは、古くからアシッシュの酔いを覚すに用いられているものだ。花村が紹介した時に、医者だというと王丸が少し暗い顔をしたのは、その秘密を暴かれるのを怖れたからであろう。しかし、ふてぶてしい王丸は、今の藪医者どもにアシッシュなんて洒落たものは、決して解らないとみくびって安心したらしい。

性格改造院

志保の分析と推理は、誤りないもののように思われた。しかし、確証を握らねばならぬ。彼は試験管とシャーレをポケットに忍ばせて、もう一度バア・トーチカを訪れた。そこで彼は第一室で五色のジャムを初め、いろいろなものを採集した。そして文献で知っているアシッシュ酩酊の症状に合わせて、故意に酔ったようにみせかけて第二室、第三室を観察して行った。

その夜の収穫は予想以上に豊富だったが、ただ一つ意外な事件にぶつかった。第一室にいた支那服の女が、曾て神経質の治療を求めて志保の病院へ来たことのある清川令子《きよかわれいこ》であったことである。しかし、彼女は自分は決してそんなものでなく、千葉珠子《ちばたまこ》というダンサー上りだと云い張った。

「人違いをなすっては困りますわ。君は僕の昔の恋人にそっくりだなど云われただけでも、女は嬉しいどころか腹が立つものです。それを神経病患者の清川令子だと云われたんでは浮ばれませんわ。いつもその手を使うんでしょう」

彼女は冗談でなく、本気に怒った眼をして彼をにらんだ。人違いにしては、あまりにもよく似ているが、性格は一変していた。令子は高度の潔癖症と、内気《うちき》の矯正を求めて志保の病院を訪れたのであった。日本橋《にほんばし》の株屋の娘だといって、母親と番頭がついて来たのだし、その神経質特有の眼つきは忘れられなかった。性格は一変して外向型になってはいるが、どうみても彼女に間違なかった。志保は深い疑問を抱きつつ彼女に人違いを詫びて第二室へ入ったのであった。

友人の薬理学者桂田《かつらだ》博士を訪ねて、アシッシュの検出を依頼した帰途、志保は日本橋の清川家を探した。すぐみつかったが、その番地に当る家は別の人が入っていた。訊ねてみると、清川は失敗して店を売払って神田へ越したという。そこを訪ねると、狭い裏通りの借家住いだった。曾て病院へ令子をつれてきた母親がいたので、令子は現在どうしているかとたずねた。老母はしばらく口籠っていたが、銀座の性格改造院へ入院中に家の破産を知ると、そのまま行衛不明になった。実は自分の娘ではなく、妾腹にできたのを引取って育てたので、多分生母の所へ行っているだろう。こっちも零落してしまって探してまで家へ入れることも出来ない状態だから、そのままになっているという。

「性格改造院とやらは、よく新聞に広告がでているので行ってみたのですが、少しインチキ臭い気がしました。わたしはとめたのですが、あの子が入院して治したいというので置いてきたのです。それがこうして零落したのを知りながら、手紙一本よこさないのです。あそこからは退院の通知がきたが家へは戻りません。あの子の母親の悪い所が出てきたのですね。改造してくれたのでしょうが、わたしの育てたいい所をすっかり取って、生れたままの変な女にしてしまわれたのです。今はどこで何をしているでしょう」

「実はある酒場で、令子さんそっくりの人をみかけたのです。きいてみると千葉珠子だといって怒られました。バアなどで身元を云われるのは厭でしょうが、あまり真剣に否定されるので不審になってお訪ねしたのです」

「妾《めかけ》の姓は森《もり》と云いました。千葉《ちば》だか埼玉《さいたま》だか知りませんが、そういう所へ身を落せば、本名も名乗れぬでしょう。だが、可哀そうです。うちさえちゃんとしていれば、すぐにも迎えに行ってやりたいんですが」

老母はしんみりといった。志保はもう少し調べて判明したら、知らせることを約して辞すと、銀座の性格改造院を訪ねた。医者だと云えば警戒されるし、面会を断られるかもしれぬので、患者と偽って診察を求めた。そこは大きなビルの三階だった。院長の種島行光《たねじまゆきみつ》は、肥った男で長い髯をたてて眼鏡をかけて五十年輩ぐらいにみえたが、どこかで見たことのある気がした。志保が性格の欠点をあげて、矯正を依頼すると、十五分間の沈黙対座を命ぜられた。それが彼の診察の第一段であるという。

二人はじっと向いあった。種島が志保を観察するのだが、事実は反対だった。志保は種島がトーチカ・クラブの王丸であることを観破した。髪や眼鏡は幼稚な変装にすぎなかった。しかし、王丸も志保が花村の紹介で入会した医者であることを知った。彼等の沈黙の戦いは、どういう結末をつけた方がよいか解らなかった。所定の時間が経過しても、二人は黙って対座していた。

志保はトーチカにいる珠子が、令子に相違ないと思った。もう用はない。あとは巧く逃げ出せばよいだけである。彼は丁寧に頭をさげた。種島は急に笑顔をつくって、

「あなたは、私の書いた本をお読みなさい。軽い病症です。すぐ治ります」

と白々《しらじら》しく云った。どっちが勝ったのだろう？　とエレベーターを下りながら志保は苦笑した。

初めてトーチカへ入った晩に送りだされたのは、このビルだったろう、バアとビルは地下道か何かで連絡しているに違いない。王丸が一人二役で、バアの主人と性格改造院の院長を兼ねているの↘

↙もおかしかった。しかし、医療類似行為の罪は軽いとしても、バアの方が麻薬濫用の秘密クラブだとすれば、恐ろしい魔窟である。その害毒は性格改造院の比ではない。
それにしても令子の転向振りは、清川夫人の嘆き以上に驚くべきものである。種島はどんな方法で、彼女の性格を一変さしたのであろう。千葉珠子という変名は、どうでもいい。逆に彼女が清川令子と名乗っても、あの性格の激変はかえって志保に疑いを持たしたかもし

れぬ。家庭の破産がショックとなって、性格変換の動因をつくったのだと解釈するのは、あまりに常識的である。種島の怪力だとすれば、どんな方法を用いたのであろう。麻薬の分析よりも、こっちの方が大きな問題かも知れないと思いながら、志保は研究室へ戻った。

離人《りじん》症

桂田博士のトーチカでの蒐集物の分析

は、志保の予想通りどの被験物にもアシッシュが含まれていたし、スープにはヘロインが入っていたことを知らせて来た。彼は花村をよんでクラブの正体をきかせ、二人で脱会しようと考えていると、花村が周章てて訪ねてきた。
「トーチカがやられたよ。クラブ員も皆調べられるのでないかと、心配になったので知らせにきた」
「警視庁は何であのバアに手を入れたか知らないが、僕は医者としてあそこの秘密を暴く材料を揃えているよ」

「スパイの嫌疑らしい。僕はバアをしめればいいのだが、君は病院をもっているので困りはしないか」

「君はあそこが麻薬クラブだと知っていて、僕を紹介したのか」

「すまない、知っていたのだ。その方も罪になるのかい」

「スパイも悪いが、アシッシュだって国禁だよ」

花村の自白するところでは、彼は数年前からパビナーリスムスにかかっていた。それを治すには根本である意志薄弱を治さねばならない。性格改造をしなければ、麻薬中毒は本当に治るものではないと父からきかされた彼は、種島の改造院を訪ねたのだった。種島はパビナールをやめさせて、アシッシュを用いた。初めは錠剤を与えたというが、あとにはバアにつれて行ってアシッシュ酩酊による陶酔を味わせた。花村のバア開業も、実はトーチカに近くてアシッシュを楽しめることが重大な動機の一つだった。パビナールなしですめるようになったことを、彼は種島に感謝しつつ又新しい麻薬の淵に落ちつつあるのを知らずにいたのである。

志保は桂田博士の分析表をもって、警視庁の医務課を訪ねて、バア・トーチカに於ける麻薬濫用者の群の存在を報告した。警視庁では王丸をスパイ嫌疑で捕えたのであったが、志保によってアシッシュ濫用の事実を知って、新しい方面の調査を開始した。その結果は、王丸が二十年前から日本に住んでいた李高元《りこうげん》という支那人で、スパイをやっていた他に大がかりな阿片の密輸入を働いていたことがわかった。

トーチカ・クラブは、彼が近年阿片の不足から知ったアシッシュを代用したもので、性格改造院で試験した結果始めたものだった。

クラブ員は阿片やモルヒネの密輸に関係のあるもの以外は、まだ日も浅く犯罪を構成するものはほとんどなかった。

千葉珠子は、やはり清川令子の変身だった。彼女は医務課の精神鑑定で、変質者であることが判明すると、志保の病院へあずけられた。心理検査や身体的検査をやってみると、令子は「デペルゾナリザチオン」（離人症）の患者だった。これは自我が変化したように思う一つの症状で、それに自分の感情、意志、行為、観念、感覚などが前と違ったように感ぜられるものである。元来人格異常は、常態では稀であるが、病的の時にはかなり盛んに起るもので、昔から注意されていた。しかし、それは単に人格の分裂とか、交代性人格とか、人格の消失、人格の廃頽《はいたい》などの状態であって、催眠術による夢中遊行《ゆうこう》、職業性の巫女《みこ》、口寄せなどに来るものであった。ところが近来、アシッシュ酩酊の場合に、これらとは全く違った症状の現われることが解った。

離人症は自分が、以前の自分でなくなったと信ずる病的症状である。令子の性格が一変したのは、種島が性格改造の美名にかくれて、アシッシュを濫用させたからだった。彼女が千葉珠子に変って、清川令子を知らないと云いつづけたのは、決してバアの女給を恥じて否定したのではなかった。令子はアシッシュで珠子に変格してしまって、令子時代の記憶が喪失していたのだった。ジキル博士が、一杯の秘薬でハイドに変り、又ジキル博士に返れるような手軽な方法は創作上の空想で、令子の場合は徐々に変換して行き、急にもとの性格には戻れなかったのである。種島は、令子の変性に成功して他の女も、アシッシュで離人症を起させ、女給にしようと計画しつつあった。令子は家が破産しなくても、おかしな女になって家へは戻れなくなったであろう。

それからしばらくたって、志保はバア・トーチカの前を通ってみた。トーチカは、上海や南京のもののように、すっかり壊されてコンクリートの破片がうず高く積んであるのも、戦線のトーチカを偲ばせるものがあった。志保はそれが自分の手榴弾も幾分、原因していることを想い浮べながら花村のバアを訪ねた。

「トーチカは日本では、決して存在を許されないよ。君の地上楽園も、実は人工楽園と名づけたかったのだろう。モリスの肖像がなかったのも無理はない。ボオドレエルの心酔者だったからね」

「夢からさめたようだ。もうその話はやめてくれないか。近い中に改名しようと思っているところなんだ。いい名をつけてくれ給え」

「トーチカを潰したあとなら、日の丸があがるに決っているではないか」

二人は笑った。令子の意識も恢復して来た。珠子は段々消えて、もとの玲子になり切ろうとしている。退院したら花村の所で働くことになるらしい。

黄色いスイートピー

蘭《らん》郁《いく》二《じ》郎《ろう》

1

五月も月中《つきなか》を過ぎたというのに、ひどく不順な気候は、まるで三月末あたりの陽気のようにうそ寒かった。

土曜日でも五時まである会社を、さっき退《ひ》けたばかりの北村《きたむら》は、毎土曜日の習慣で、なんのあてもなかったけれど、銀座《ぎんざ》八丁を独りぶらぶらと人波にもまれていた。

「やあ――」

今、すれちがった男が、北村の顔を覗きこむようにして、声をかけた。ぼんやりしていた彼は、思わず反射的に二三度瞬《またた》きして、その顔に視線を合せて見ると、それは珍らしくも、旧

友の山上《やまかみ》なのだ。
「しばらくだなあ——」
と、思わず同時にいって、
笑い合った。

どちらからともなく先に立って、二三間先きの喫茶店に這入り、ボックスに向きあった二人は、又無意味ににっこりして、

「卒業《あれ》以来だ、三年になる」

「三年——?」

北村はびっくりしたように聞きかえした。

「うん、足かけ三年だ、早いもんだなあ……」

「ふーん」

(そうか、三年か——)

北村は眼をつぶって頷いた。

「僕は田舎《いなか》にいるせいかグループの連中にもまるで会わないよ。ところで、いよいよ仕事を始めたぜ、どうやら緒《ちょ》についた、といったところだ——、君は?」

山上は、そういって含んだような笑い顔を見せながら、北村の眼を覗込んだ。——この含んだような笑い顔は、以前からの山上の癖であった、とそう思い出した北村は、学生時代よりも陽焼けのした彼の顔を見ながら、もり上って来る懐しみを覚えて来た。

「僕か、僕は相変らず毎日ハンコを捺しているよ——、なんだい、その緒についた仕事っていうのは」

「農園さ、農園をはじめたんだよ」

「農園を――？」

「うん、しかし農園といっても温室専門の農園さ。切花《きりばな》が主で最近メロンも少し始めてみようと思ってるんだがね」

「道楽みたいなもんだろ」

「いや、道楽どころか立派な事業だよ。緒についたというのは足かけ三年で兎《と》もかく黒字を出して来た、ということさ、やって見るとなかなか面白いもんだぜ、……最近もう一棟拡張するんでその打合せに今日は東京に出て来たんさ。そうだ、今日は土曜だな、どうだ今夜一緒に来て見ないか、明日一日遊んで行けよ」

「そうだな、しかし……」

「まあいいじゃないか、君にぜひ見せたいもんがあるんだよ。第一に「黄色いスイートピー」だ、それから僕の特別室、それからも一つ――これが一番気に入るかも知れんな」

「なんだい、その黄色いスイートピーというのは」

「僕の傑作さ、スイートピーの新種だよ、黄色いスイートピーなんて見たことあるまい、プレシデント・ハーディングという橙色の新種があるけど僕のは全然鮮黄色《せんこうしょく》の大珍品なんだからな、あとの二つは一寸《ちょっと》説明出来ないね、まあ実際に見てくれよ」

「ばかに誘うなあ――」

といったものの北村も、予定のない明日一日を、どこに費そうかと、ついさっき山上に会うまで迷っていたのだし、

「うん、うん」

とすぐ頷いて、

「じゃ歓迎してくれよ」

と恩に着せて立ち上った。

「家《うち》の方は――」

「なあに、駅から電話して置けばいいよ、しかし遠いのかい」

「すぐだよ、小田原《おだわら》の先だ」

「そうか、で、何時の汽車で行くんだい」

行こうと決ると、こんどはすぐにも行って見たくなった。久しぶりで学生時代のようなざっくばらんな気持が、わけもなく嬉しくなったのだ。

2

着いた時は、もう夜も更けていて、あたりの様子もわからなかったが、翌朝、いつにない早起きをし

て庭に出て見るとそこは南向きのゆるい傾斜をもった草地で、ところどころに疎《まば》らな雑木林と、北側に一段高くなって開けた畑地、西側には小丘《しょうきゅう》をもっていて、そのなかに百坪ばかりの温室が三棟並んでいた。

その消えたばかりの朝靄《あさもや》に濡れて、キラキラと光っている温室に眼を近づけて見ると、暖かそうに曇ったガラスの内側には色とりどりのチューリップがずらりと咲き揃い、その向うの床には山上自慢のスイートピーが、これまた色とりどりに、乱麻《らんま》のように縺《もつ》れ咲いているのが見られた。

「早いね――」

振りかえって見ると、山上がカーキ色の仕事服を着て立っていた。

「どうだい、僕の特別室で朝飯にしようじゃないか」

彼はそういうと、よく篩《ふる》った黒い土をよけるようにして先に立ち、二つ目の温室の角を曲ると、一際《ひときわ》大きく離れのように建てられた温室を指して、

「さあ――」

といいながらドアーを潜《くぐ》った。後に続いた北村は、サッと吹きかかって来る生暖かい風の中で、思わず息を細めながら、それでも、物珍らしそうにあたりを見廻した。

まず房々《ふさぶさ》と果《み》をつけたバナナが眼についた。続いて椰子《やし》が龍舌蘭《りゅうぜつらん》が、パパイヤが……その他名《たな》も知らぬ鮮やかな緑色をもった植物が逞《たく》ましげに繁茂し、その上、凝《こ》ったことにはその植物の間を縫って温水

の川をつくり、そこに平べったい、縞をもった熱帯魚を、悠々《ゆうゆう》と群れ泳がせているのであった。

しばらくは、ただ見とれていた北村も、やっと重くるしい熱気を覚えて、山上に倣《なら》って上衣を脱《と》った。

「どうだい、相当苦労して造ったんだぜ、この熱帯室は」

「ふーん、素的《すてき》だよ、なるほど自慢するだけの価値はあるね、まるで南洋にでもいったようだ」

ガラスは全く曇って、戸外《こがい》は朦朧《もうろう》としていたし、それらの熱帯植物から発散するのか、空気までもが熱帯の香りをもってい、なおその上部屋の中央あたりに設けられた椅子にかけて見ると、四方のガラスは巧みに植えられた木や草のために視界から遮られ、ただ天井からの太陽が、ガラスを透して来るせいか、余計ギラギラと輝きわたるように感じ、ふと、南海の孤島にでも漂着したかのように錯覚させるほどであった。

北村は、初めての経験ではあったし、このガラス一枚に仕切られた世界の、肌なれぬ熱気と、熱帯植物から発散される強烈な香りとに、半ば酔い心地で呆然とあたりを見廻していた。そうしていても、何か果実の熟するような甘いかおりが鼻腔を擽《くすぐ》りながら沁みわたって来る——。

と、幽《かす》かにドアーの開いたような音がすると、やがて一人の少女がコーヒー茶碗とトーストを持って、椰子の繁みをわけて現われた。

あたりが、この熱帯の雰囲気に満たされていたせいか、その少女の、原色の赤と黄とを大胆に配合した薄いワンピースから浮出て来る豊かな曲線と、そして白粉気《おしろいけ》のない小麦色の肌からは、まるで南国の情熱が彼を圧迫するように立騰《たちのぼ》って見えた。

その上、なんと見事な貌《かお》だちをもっているのだ――。

「ははは、ばかに見とれているじゃないか」

その少女が、コーヒーとトーストとを卓上に並べ、一揖《ゆう》すると又椰子の繁みのなかに消えて行ったあとまで、瞬きを忘れていた北村は、突然笑い出したその山上の声に、ようやく気づいたようなテレ隠しのような笑いを浮べ、

「すごいなあ、誰だい、君に妹はなかったはずだが」

「いやあ、姪さ。叔父《おじ》が死んだんでここに来ているんだよ。なかなかきかん坊でね」

「ふーん」

「どういう感じがした?」

「……参ったね、完全に」

「いや、そういう意味じゃないよ、僕はね、女性を、殊《こと》にまあ若い女性だが、を見るとまず直感的に色を感ずるね。例えば銀座通りで向うから来る少女がいる、とあれはクリーム色だ、あるいは薔薇《ばら》色だ、あるいは紫《むらさき》色だ――といった風にね、何かしら第六感的に色分けする癖があるんだよ」

「いかにも温室屋らしくて面白いな、だが、たしかにそういう感じはあるね、赤い洋服を着ているのに、どこかしら紺碧《こんぺき》色の感じをもった女――なるほど、そんな感じのことがある、もっと複雑な色彩感を

もったのもいるぜ。例えば地色はたしかに陽気な暖色系統なのに、その上にグレイのヴェールをかけたような色感《しきかん》の女……」

「そうだそうだ」

山上は、愉快そうに笑うと、つと立って傍に房々と成っているバナナを千切《ちぎ》り、

「さあ、朝飯のデザートにやってくれよ、……ところで、じゃ今の比沙子《ひさこ》をどう思う？」

「比沙子、というのか、ふーん、そうだな非常にハッキリしているんだが……、そうだこの部屋が熱帯室のせいか「原色」という感じがするね」

「原色――？」

「うん、非常に鮮やかな感じをもっているんだが、しかし赤か黄か青か、それが断言出来ない……」

「原色の女か、なるほどね、実感が出ているぜ」

山上がそういって、例の含んだような笑い顔をし、タバコに火をつけた時だった。

温室助手の米沢《よねざわ》が、遽《あわた》だしく龍舌蘭の間から顔を出すと、北村への挨拶も忘れて、

「花を盗《や》られました――」

と、呶鳴るようにいった。

「盗《と》られた？　何を」

「スイートピーです、黄色い」

「えっ」

顔色をかえて椅子をはねのけた山上は、そのまま米沢のあとにつづいて行った。

3

熱帯室から上衣を抱えて飛出すと、戸外はぶるっとするような寒さだった。

大急ぎで第三温室のドアーを這入り、やっと暖くはなったが、ここはボイラー室から一番遠いせいか、熱帯室から比べると、よほど温度が低いようであった。

「ずいぶん寒いね、この部屋は」

「いや、これで丁度いいんだよ。部屋に這入った瞬間に感じた温度で、それがその温室の植物に適しているかどうかを直感するようでなくちゃね」

山上は、そういうのも上の空のように、スイートピーの床に行って見ると、なるほど二三十株が、まるで坊主刈といってもいいほどに花を失っているのだ。眼を近づけて見ると、茎の切口に浸み出た汁がまだ固まらずに鈍く光っていた。

「ふーん、ゆうべというよりも夜明け頃だな」

山上の蒼ざめた頰が、痙攣するようにそれだけを呟くと、がくりと跼《かが》みこんで一つ一つの茎を、労る

ように手にとって見ていたが、やがて立ち上っても、手を後手《うしろで》に組んだままやはり無言でそのスイートピーの床《とこ》を見下していた。

「内海《うちうみ》の奴じゃないかな……」

ぐるりと取りかこんでいた見習生の中から、そんな囁きが聞えた。

しかし山上は、それっきりなんとも言わずに温室を出ると、その温室の前面を開いて、広々と作られた花壇の間を、黙々と頂垂《うなだ》れて歩いていた。

「君、内海と

いうのはなんだい」

たまりかねたその北村の質問に、やっと気がついたように向き直った山上は、

「内海というのはこの二三町先にある農園さ。やっぱり温室切花の専門で、まあここの競争相手だな」

「競争相手――？　じゃそこの奴等の悪戯《いたずら》じゃないか、ってことは十分疑えるね、見習生もそんなこと

いってたぜ」

「ばかな、それは素人《しろうと》の見方さ」

「素人の見方？　まるで探偵のようなことをいうじゃないか」

「だが、あのスイートピーを切った奴は、内海あたりにいる玄人《くろうと》じゃないよ」

「………」

「とに角、花の切り方というのは非常に六ケ敷《むずかし》いんだ。温室をやったものは、その茎の切り方で玄人か素人かはすぐ解るんだよ。つまりこの辺がいわゆる年期を入れるところだろうが花のついている茎を、葉の上二三糎《センチ》のところで切るのにそこから上すぎても、下すぎても次の花が駄目になるんだ。これだけ苦心して育てた茎からタッタ一つの花しか取れないとしたら商売にならんからね。その「勘どころ」を切るのが玄人さ。どこの温室だって花を切るには相当の年期を入れた奴が切るんだし、又玄人になると無意識にでもそこを切る、それが温室屋の常識さ」

「ふーん、そういうものかな」

「そうさ、ところがさっきのスイートピーを見たまえ、まるで素人だ。葩《はなびら》一つ落さないほど悠々とやったらしいのに、あの切り方はなんだ、まるで目茶苦茶じゃないか、それだけでも僕は腹が立つんだ……」

話している中にも、山上の興奮した声は、そこでかすれてしまった。

「……しかも君、黄色いスイートピーを切ったんだぜ、僕はその意味がわからない、ここで初めて出来た鮮やかな黄色は、まだ市にも出さないばかりか名もつけていないんだからね、そんなものを金にかえたら、すぐ解ってしまうはずなんだが……」

黙って頷いた北村は、苦悶に歪んでいる山上の顔から眼を外らして、彼の肩越しに温室を眺めていた。温室の屋根では細い枠の上を見習生が軽業師《かるわざし》のように渡りながら、せっせとガラスを拭いていた。

「たった一人、あんな切り方をする奴の心当りはあるんだが、最近入った奴で……」

そういいかけた山上の言葉に、北村は思わず彼の顔を見詰めた。しかし山上はそれっきり黙ってしまった。

丁度比沙子が、熱帯室の角を曲って、こちらに急ぎ足で来る姿が見えたためであった。

4

「僕は一寸用をすまして来るから比沙子、北村君のお相手をしてろよ」

山上は、近づいて来た彼女に、待ち設けてそういうと、又さっきの温室の中にはいって行ってしまった。

比沙子は、

「あら、ずるいわ……」

と山上の後姿に言い掛けたけれど、すぐ北村の方に向きなおって、

「ずるいお兄様ね、折角《せっかく》およびしたくせにほったらかしたりして」

「いや構いませんよ、用が出来たんですから……黄色いスイートピーを盗られたんだそうですよ」

「まあ、あれを――」

彼女は、なぜかハッとしたように、一瞬その美しい眉を曇らせたけれど、

「いやあね、盗られたなんて……、あっちに行きません？　ダリヤがもうこんな蕾《つぼみ》をもってるのよ」

そういって、すぐ原色の明朗さを取り戻し、可愛らしい拳を握って見せると、先にたって歩いて行った。

北村は後に続きながら、比沙子の後姿の長目な断髪が、歩くたびに追いかけて来る風に吹かれて、柔らかそうな肩の上にぷかぷかと踊るのを、酔ったような眼で眺めていた。

「ほら、ごらんなさいよ」

そういわれてみると、なるほど腰囲いだけした花壇のなかには、もうダリヤが太い茎を伸べて、その先きには、真紅な蓜を秘めた緑い蕾が、今、頭をもたげようとしているところであった。

「東京よかだいぶ暖かいですね」

「そうかしら、でもこんなもんでしょ、今年は不順だけど……、あの丘に上《のぼ》って見ましょうか、海が見

えるわよ」

その丘は、山上農園の西側に、小高く盛上っていた。

「北村さん、この前一度お目にかかったことあるわね」

「さあ――」

「あら、学校にいらっしゃる時、お兄様のとこで会ったわ、一ど」

「そうだったかな、山上のとこへはちょいちょい行ったけど……」

「そうよ、眼中になかったわけね」

「いやそういうわけじゃ……、何しろ山上のとこにはよく人が来てたんでね」

「まあ、そうお。ほほほほ、いいこときいたわ、こんどお兄様にそういってやろう」

「しかし……、今日はだいぶ腐っていたようですよ。黄色いスイートピーを盗られたんで」

「そう……」

彼女は、又顔を曇らすと、

「お兄様とても大事にしてたんですもんね、あれが見せたくて北村さんを誘って来たんでしょ」

「そうなんです、ぜひ見せたいもんがある、ってね、第一が黄色いスイートピーで第二に熱帯室、第三に……」

そこまでいいかけて、北村は、あっと思った。山上の言葉を思い出したのであった。

（第三に、そうだな、これが一番気に入るかも知れないが、まあ実際に見てくれよ……）

その言葉が、どうやらこの眼の前の、美しい彼女を指しているのではないか、と気づいたからであった。

「どしたの、第三に――って何よ」

急に言葉の切れてしまった北村を、比沙子は、その円《つぶ》らな瞳《め》で不審そうに見上げた。

「それは、それを具体的にいわなかったので……」

熱帯室を、特別室などといって、突然彼に眼の覚めるような熱帯の雰囲気を味わせて嬉しがっていた山上の趣味からいえば、この想像は、間違いないようだけれど、そう思うと、彼女を前に置いて、余計適当な言葉が見あたらなくなってしまったのだ。

「なんだろうかなあ――」

比沙子は、男のような口調で呟いた。

「兎《と》もかく――」

北村は、周章《あわ》てて彼女に話しかけた。

「兎も角《かく》、黄色いスイートピーが第一なんですよ。よっぽど御自慢だと見えて、ゆうべここに来る汽車のなかじゃ、その話ばかりだったんですからね」

「そうでしょう……、けれど無理ないわ。山上農園の興亡はこの黄色いスイートピーにあるんだ、なんていっていたんですもんね、二三日前にあたしが黙って一本切ってお部屋に飾ったのがわかった時なんて、お兄様、顔色が変ってしまったのよ、その一本から取れる種子《たね》で、次には何十本とれるのか知ってるのか、今の一本は二三百円にも当るんだって……」

「そんなにかかるんですかね、新種を一つ作るだけで……」

「そうよ、今度やっと二三十株出来ただけで今までに六七千円ぐらいはかかっているわ。だって新種を作るという、条件で米沢なんかにとても高給を出して雇ったりしたんですもんね、それに一ケ月や二ケ月では眼だつほどの改良が出来るわけもないし……」

「その、せっかく出来たやつを全部やられてしまったんですね。山上も気が顚倒するわけだなあ……やっと花は咲いたのに、種子がとれなければ全然最初からやりなおしですからねえ」

「米沢もびっくりしてるわ、きっと、お兄さまは成功したら千円の賞金を出す、っていってたんですもん……」

「ほう、じゃあの男も千円の損をしたわけですか」

その時なんとなく、温室の方が、騒がしいように思って、伸び上って見ると、丁度スイートピーの温室の横あたりで、腕を組んでいる山上を前に、米沢とも一人の若い見習生とが、何か盛んに言い争っているのに気がついた。

「比沙子さん、あれ、誰ですか」

北村が指さすまでもなく、彼女も素早くそれを見つけ、

「あれ、こないだ這入ったばかりの見習生で、栗本《くりもと》っていうの」

「なんかあったんでしょうかね」

「スイートピーのことかも知れないわ」

北村は、急にさっき言いかけた山上の言葉を思い出した。

（たった一人、あんな花の切り方をする奴の心当りはあるんだが、最近入った奴で……）

5

「あたしのお部屋にいらっしゃい、たった一輪あたしが切って置いたスイートピーを見せてあげるわ」

憤然とした恰好の米沢を先頭に、その三人が視界から去ってしまうと、そういった彼女の言葉に従って、北村も、見晴しはいいが、風あたりの強いこの丘から下《お》ることにした。

「ほう、これですか――」

北村は、彼女の部屋に這入ると、すぐ飾棚《かざりだな》の上の、切子《きりこ》ガラスの一輪差しに挿されたスイートピーに眼を近づけた。

そのスイートピーは、なるほど山上の自慢するように黄色であった。しかし、山上の話は嬉しまぎれ

の誇張も手伝っていたと見えて、彼の誇張通りを期待していた北村には、いささか期待はずれの感がしないでもなかった。というのはそのスイートピーは、白色から、ようやく黄色を帯びて来たものの程度しか思われないからだ。

「駄目ねえ、切ってしまうと——。もっと黄色かったんだけど、褪《あ》せてしまったわ」

彼女も、北村の顔色を読んだようにそう呟いた。

北村は、静かにそのスイートピーを一輪差しから抜きとって見ていると、比沙子は、

「一寸待っててね、お兄様どうしているか、見てくるわ」

と出て行ってしまった。だが間もなく浮かぬ顔をして帰って来て、

「皆んなの話では、お兄様とても悲観しているらしいわよ。熱帯室で考えこんでいるんですって……」

「あの二人は?」

「ひどく言いあった末、二人で警察に行ったんですって……なんだか栗本の部屋のそばから切られたスイートピーがそっくり出て来たそうよ、まさか、と思うけど……」

「ほう——」

思わず立上った北村は、

「ともかく山上を見て来ましょう。比沙子さんは?」

「あたし、一寸ご用すましてからゆくわ」

「そうですか、じゃ一足先に行ってますから——」

しかし部屋を出た北村は、何を思ったのか、そのまま真直《まっすぐ》に熱帯室には行かずに、黄色いスイートピーが発見されたという見習生たちの部屋の方に行って見た。

切られたスイートピーは、すぐわかった。

温室の裏の小屋の中に、把《たば》ねたまま水盤に入れられてあった。

「綺麗なものだなあ——」

北村は、思わず独り呟いた。そこに把ねられたスイートピーは、比沙子に部屋で見たのとは違って、山上のいう通り鮮やかな黄色をしているのだ。全部が全部そうではなかったが、すくなくとも半分以上はこの世に、はじめて咲いたという疑いもない黄色なのであった。

その把をほどいて、一本一本ていねいに見ていた北村は、こんどは、スイートピーの温室に這入《はい》って見た、一本ぐらいは黄色いスイートピーが切りのこされてはいないか。と思ったのだが、それはやっぱり徒労であった。温室の中のスイートピーの床からは、黄色だけが、実に見事に一本残らず切りとられてあって、歯の抜けたように、その淋《さみ》しい茎だけがひょろひょろと生え残っていた。

白色のが一番多かったが、そのほかに鮮紅色《せんこうしょく》のも、薄桃色のもあった。それらはすでに莢豆《さやまめ》のような実をつけたのもあって、黄色いスイートピーもここ旬日《じゅんじつ》のうちには、第一回の貴重な収穫をあげることが出来たのに相違ないのだ。

それなのに、もう一歩のところで、一本残らずかりとられてしまった。一つでも実を結ぶまで残されていたのなら、それをもとにして栽培出来るのだろうが、これでは、まるで最初から、長い時間をかけて改良を重ねて行かねばならない――、北村は、今更ながら、山上の失望落胆の様が眼に見えて、しばらくはそこに、半ば呆然と突立っていた。

6

やがて北村は、熱帯室にいる山上のところへ這入って来た。

「どうしたい、元気を出せよ」

山上は、椰子の木の下の椅子に、崩れるような力ない様子をして、温水の中の熱帯魚を見つめ、北村が這入って来たのも気づかぬようであった。

「君ががっかりしたのは、よくわかるよ。しかし、なぜこんなことになったのか、っていうことを考えて見ろよ。君や米沢は、栗本がやったのだ、と思っているらしいが、あの男がなぜこんなことをしたのか、その理由があるのかい」

「……それはね、入ったばかりでまごまごしているのを米沢がこっぴどく呶鳴ったことがあるんだ。それで、米沢が長い間、まるで人に手をふれさせないようにして苦心していたスイートピーをやったんじゃないか、と米沢はいうんだが……、比沙子は、栗本のことを時々慰めてやっていたようだが——」

「しかし、結果から見れば、そんなことされたために、米沢よか君の方が打撃を受けたわけだな、そのくらいは栗本にだってわかりそうなもんじゃないか。米沢にすれば、かえってこれから又長い間、君から高給を保証されたようなもんだし」

「だが、米沢はも少しのところであいつのために、賞金を貰いそこなった、といって非常に憤慨していた、むしろ僕以上に血相をかえていた」

「じゃ君は、黄色いスイートピーが出来さえすれば、明日にでも千円を出すつもりだったんだね」

「……実を結べばね、約束だった」

「君、一週間あれば、僕がその賞金をとって見せるぜ」

「えっ！」

山上はぎくりとしたように、向き直って、

「……からかうのもいい加減にしろよ」

「からかっちゃいないよ。米沢と同じ方法ならば一週間で充分だというんだ」

山上の顔は、見る見るうちに紅潮して来た。

「君は栗本が切ったのだ、と思っているらしいが、新米でまだよく様子も知らないあの男が、夜明け頃の、鈍い光線のなかで、ただでさえ見分けにくい黄と白とのスイートピーをなぜもあんなに、一本も間違わずに切ることが出来たのか、僕はそれが不思議だと思うんだ。薄暗い光線のなかで、しかもそこには出来そこないのような、ほとんど白いスイートピーもあったのに、それをすら間違わずに切っている。こんな切り方の出来るのは、君の言い草じゃないが、たった一人の心当りがあるきりだ。君は切り方が素人だといったが、なるほど素人が玄人のように切ることは六ケ敷《むつかし》いだろうが、しかし米沢のような玄人が素人のやったように見せかけることは、易しいじゃないか――」

「米沢、米沢がやったというのか」

「そうさ、全然人手をかけたがらなかった米沢以外にあんな芸当は出来ない」

「しかし……」

「なぜだ、というんだろう。莫大な賞金をなぜみすみす棒にふったのか、というんだろう……、あの黄色いスイートピーがインチキものだからさ！　比沙子さんは二三日前に切ったスイートピーが、今日になって色が褪《さ》めてしまったと不思議がっていた、それで僕も気づいたんだ。切ったから萎《しお》れることはあろうが、そんなに急に、しかもよく水を揚げて咲いているくせに、色だけが褪せるというのは可怪《おか》しいじゃないか！　結局、これさ」

北村は、ポケットから一本の注射器を出すと、あっけにとられている山上の前に押しやって、

「これが米澤の部屋に隠《か》くしてあったよ。透かして見たまえ、まだ黄色い色素がついているだろう。これで白いスイートピーに色素を注射していたんだ。花が枯れないように、色素を吸上げるように――ね。この辺は流石《さすが》、玄人じゃないか、ところが、その千円を摑んで姿をくらますつもりだった米沢が、最近この山上農園に、もっと長く居たくなるようなことが起ったんだ。それでインチキがバレないうちに自分で刈取って、何も知らない栗本になすりつけようとした――それは栗本が比沙子さんに可愛がられていたし、その上米沢が最近来た比沙子さんに千円の賞金よりも、もっと大きな魅力を感じて来たからに違いない……」

北村はそういって、彼もまたこの室の熱気のためか、顔を赧《あか》らめた。

「インキだったのか……」

急に山上の片頬が歪むと、それが痙攣するように震えた。そして苦しげに眼をつぶると、

「君、嗤《わら》ってくれ、あのスイートピーを切ったのは、この、僕なんだ……」

「え!」

こんどは北村自身が愕然として、眼の前に頂垂た山上の頸筋に見入った。

「……黄色いスイートピーに、千円の賞金を約束したが、なかなか出来そうもないんだ。相当金も使っていたし、あせっていた僕は、つい冗談半分に、若し今年の夏までに出来たら比沙子――をといってし

まった、ところが君、それが急に咲いてしまったんだ。咲いて見ると僕は喜びよりも狼狽《ろうばい》した。ゆうべ、君を無理矢理にひっぱって来たのも、それが苦しかったからだ。比沙子が米沢を好かぬらしいのは、僕もよく知っている。あの屈託のない、君のいう原色の明朗をもった比沙子に、トテモ僕の冗談を強いることは出来なかったからね。……しかし、君のお蔭で、あのスイートピーがインチキだったとすれば、僕は救われたような気がする……」

北村は、唖然として、(ばかな、ばかな――)と呟きながら、山上を見下していた。

その時、熱帯室のそとで、朗らかな笑い声がしたかと思うと、比沙子が、歩くたびに爽やかな音をたてる氷の浮いた飲み物をもって、椰子の向うを歩いて来た。

そして、ふと、北村の挙《あげ》た眼と合った彼女は、なぜか耳朶《みみたぶ》を染めて近づいて来る。――。

北村は、まだ無意識に、(ばかな、ばかな!)と口の中でくりかえしながら、その頬は、笑っているのであった。

隆鼻術《りゅうびじゅつ》

大阪圭吉《おおさかけいきち》

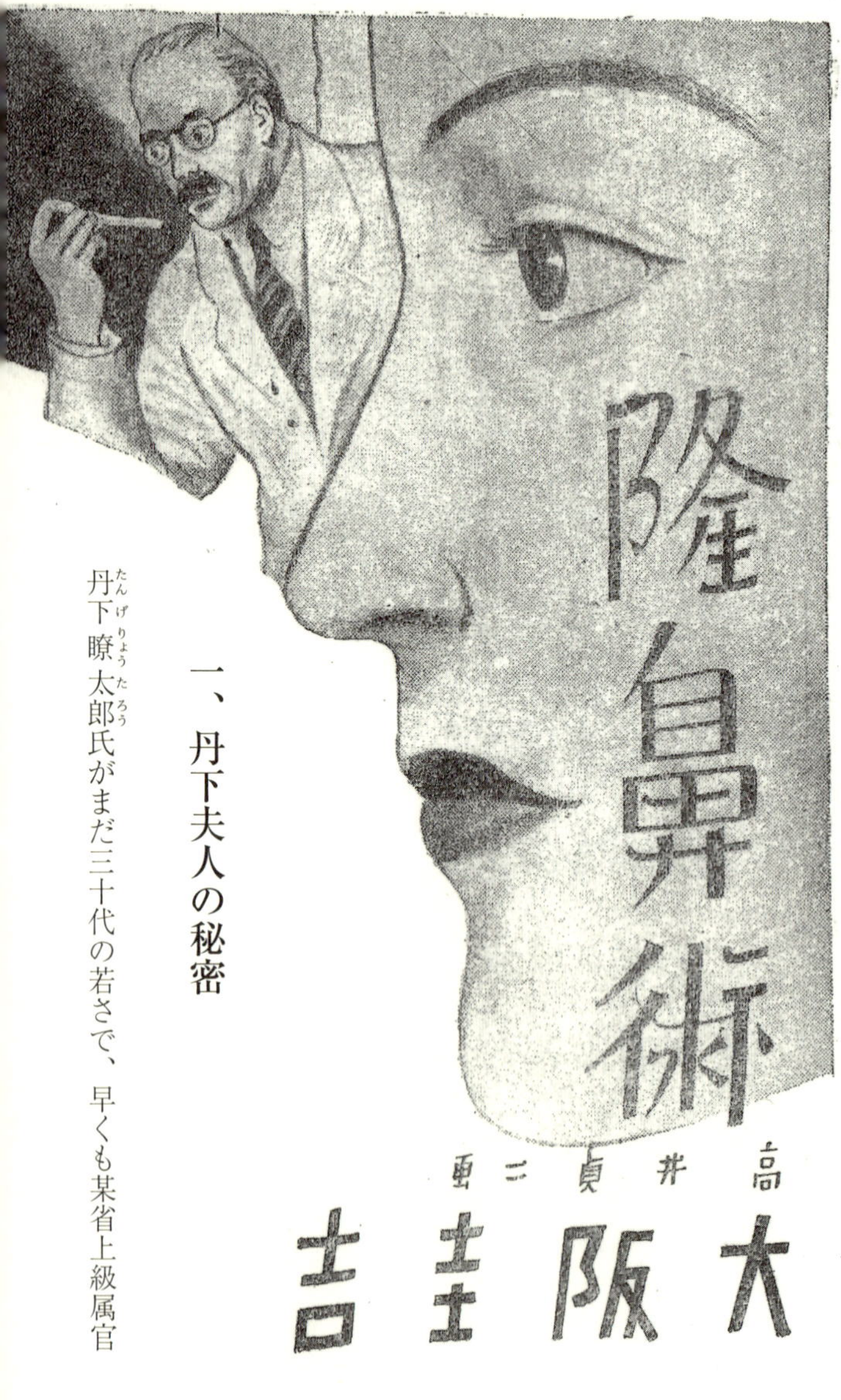

一、丹下夫人の秘密

丹下《たんげ》瞭《りょう》太郎《たろう》氏がまだ三十代の若さで、早くも某省上級属官

としての今日の地位を築き得たのは、かかって高子《たかこ》夫人の絶大なる内助の功にあったといえよう。まったく、丹下瞭太郎氏の奥さん高子夫人は、どこから見ても一点の隙もない整った美貌と、奔放自在の才気を以て、常々瞭太郎氏を力づけ、はげまし、今日の成功を得さしめたのであった。貞淑にして才色兼備の賢夫人という評判が、いつの間にか彼女の周囲に高まって来たのも不思議はない。

が、しかし、彼女にはたったひとつだけ、絶対に、死んでも、誰にも打明けることの出来ない秘密があった。そしてその秘密のために、ある時高子夫人は、生涯忘れることの出来ないような、大変もない怪事件を惹き起してしまった。

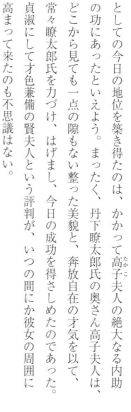

高子夫人の秘密というのは——ほかでもない。実は彼女の美貌の中心ともいうべき、その美しい鼻にあったのである。

なるほどその鼻は、美と理想を表示する素晴しいギリシャ型ではあった。が、それは持って生れた本物の鼻ではなかった。ありていにいえば、その美しい金色のうぶ毛のはえた鼻梁の皮膚の下に、もう何年も前から、一本の太いパラフィン棒がチョコナンとおさまっていたのである。……

それは、恰度《ちょうど》いまから八年前のはなし。まだ高子夫人が丹下氏と結婚しない娘時代のことであった。前にもいったように、高子夫人の美貌はなかなかのものではあった。が、ただひとつ、玉に瑕《きず》ともいうべきは、少しばかり鼻が低いということだった。由来、鼻ほど人間の容貌の中で重要な役割を果しているものはない。例の「クレオパトラの鼻がいますこし低かったら、云々」の歴史家の言葉もさることながら、伊太利亜《イタリア》のある学者などは「ただ鼻一つだけを見れば、その人の家柄がわかる」とまでいっているではないか。当時の高子嬢が、鼻の低いことをどんなに苦に病んだか、して又、鼻を高くするためにどれほどの苦心を払ったか、説明するまでもないであろう。

ところが、ある時高子嬢は、婦人雑誌の広告欄で、ふと絶対秘密に鼻を高くする方法を教わった。それは、あるドクトルのところへ出掛けて、隆鼻術《りゅうびじゅつ》を施して貰うことだった。いまでこそ日本でも隆鼻術は長足の進歩をし、秘密のうちにもなかなかの流行をきわめているが、当時はまだその施術《しじゅつ》をするドクトルが、日本中に算えるほどしかいなかった頃のことである。高子嬢が、その広告の教えに勇躍従ったのはいうまでもない。

ところで、高子嬢の施術を受けた隆鼻術というのは、なにしろ八年も前のことであるので、旧式のいわゆるパラフィン隆鼻術というのであって、方法は、鼻柱の皮膚と骨との間に、硬性のパラフィン塊《かい》の太いのを一本、特殊の注射器によって注入して、鼻の形を整え高くするのである。

むろん施術は、万事うまくいった。最初の三四日間は、鼻の周囲に施術のための腫張《はれ》が来たので、手術前より低くなったように思われたが、腫脹が去るにつれて実に見事なギリシャ型が、すっきりと浮びあがって来た。そして日が経つにつれて、注入したパラフィンの周囲に、だんだん強靭な筋肉の結締《けってい》組織が出来上って来て、もうどう見たって、きわめて自然な、しかもゆるぎのないものになって来た。高子嬢は、手鏡の上に涙をポロポロ落しながら喜んだ。

「お前、なんですか、この頃、とても美しくおなりだね。」

近眼のお母さんから、ふと驚いたようにそんなことを云われたりすると、もう高子嬢は、こみあげて来るようなうれしさで、身内がぞくぞくするのであった。こうした高子嬢の人知れぬ喜びと安心が、どれほどに大きなものであったかということは、それから間もなく高子嬢が、丹下暸太郎氏との恋に陥ちた事実を見てもうなずかれるであろう。

二人は間もなく結婚した。そして幸福な何年かが過ぎ去った。子供はなかったが、高子夫人の美貌と貞節と才気とは、大きく暸太郎氏を内助するところとなり、人目もうらやむ八年後の今日を築きあげるに至ったのであった。しかも賢明なる高子夫人は、自分のこうした幸福の、隠れたる真の建設者が何者であるかということを忘れない。それは、いってみればすべて鼻のお蔭である。その鼻の中にチョコナンとおさまっているところの一塊のパラフィン棒のお蔭である。口にこそ、色にこそ、これッぽちも出さないが、いつもそのことを思う時、高子夫人は心ひそかに鼻の中のパラフィンに対して、手を合せるのであった。

ところが、そうした高子夫人の敬虔な気持にもかかわらず、ある日ふとしたことから、そのパラフィンがあばれ出して、遂には丹下夫妻の幸福を累卵《るいらん》の危地にまで追いおとそうとするような、事件が起きあがったのである。さて、その、ことの起りというのは……

ある爽やかな朝のことだった。

丹下瞭太郎氏は役所へ御出勤。あとに残った高子夫人は、子供のない奥さんの若々しさで、鼻唄かなんぞ唄いながらそろそろ食事のあと片附をしようと、お皿や茶碗を錫《すず》のお盆にのせて台所の流し元へやって来て、そこのガラス戸をあけて、戸外《そと》の塵箱《ごみばこ》へ廃物を投げ捨てようと、片手にお盆を持ったまま一寸《ちょっと》ムリな姿勢をしたとたんに、多分、踏板に水でも溜っていたのであろう。デンと↓

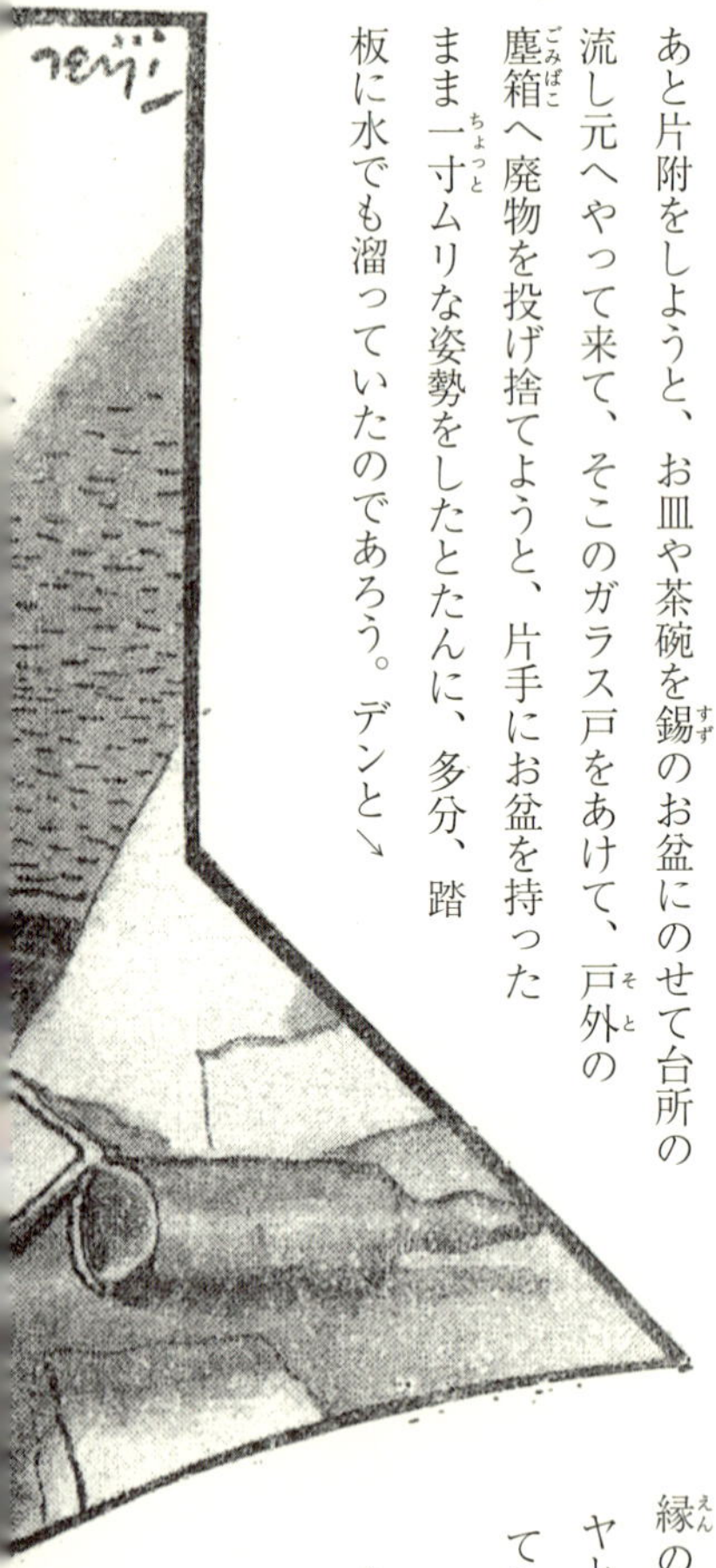

↙ばかりひっくり返って、縁《えん》の框《かまち》へ大事な鼻をイヤというほど叩きつけてしまった。
大変な音がした。
なにしろ持っていたお盆は投げ出すし、おまけに転ぶとたんにつかまっ

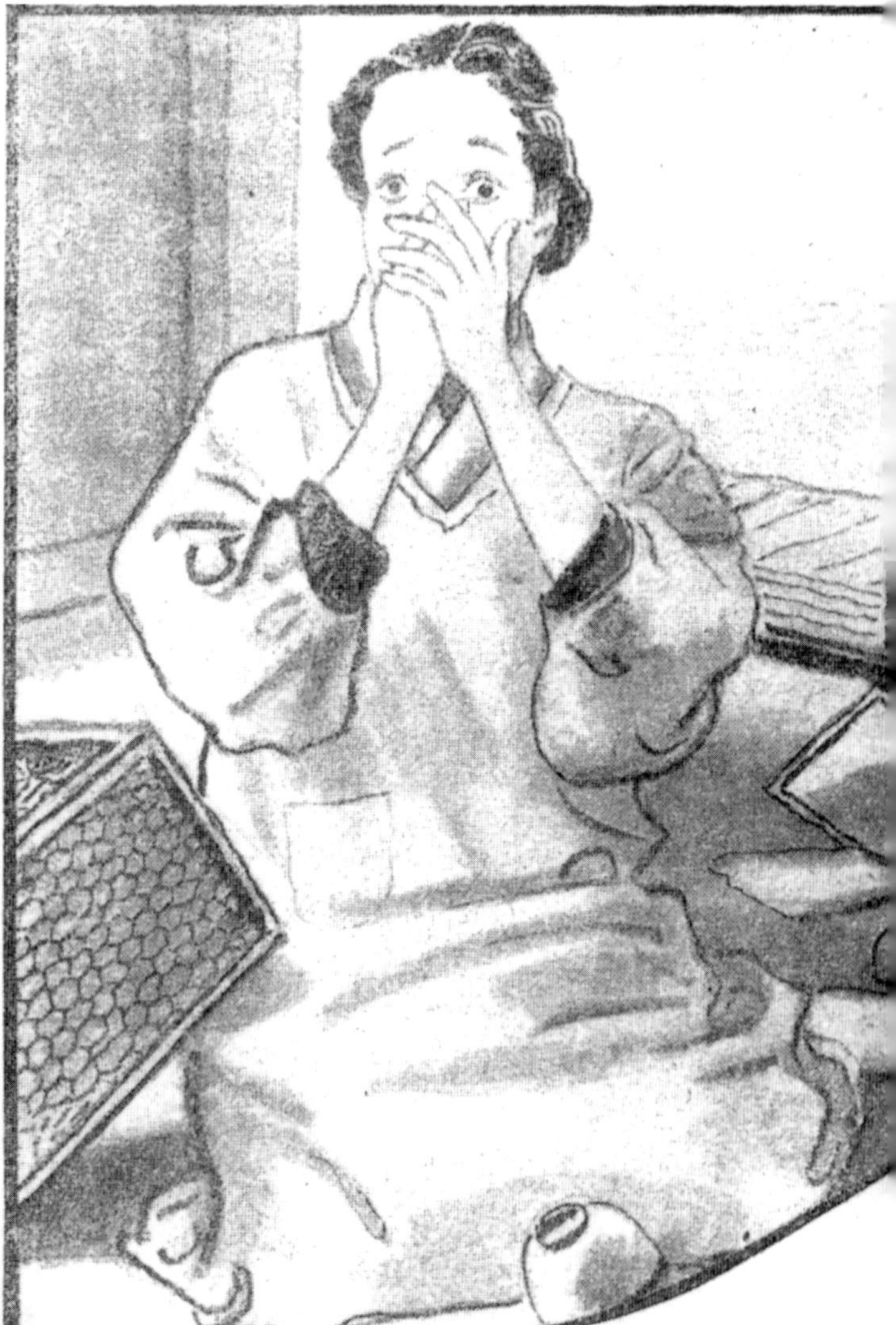

た傍《そば》の蝿帳《はえちょう》はひっくり返すし……いや、音などはどうでもよろしい。叩いた鼻の痛さたるやこれ又格別。みるみる鼻血はタラタラと流れて、あたり一面文字通りの血の海だ。

高子夫人はしばらくそのままで、準昏睡状態に陥っていたが、やがて回復して起きあがると本能的に鼻へ手をやった。と、まがっている。

「あッ。」

思わず叫んで、そのままころげるようにして鏡台へ駈けつけてのぞいてみる。と、もう鼻血はとまっていたが、なんと美しい鼻の先が左のほうへ五分ばかり、思いきってグイとまがっているのである。あわてて元へ戻そうとすると飛び上るほど痛い。みるみる高子夫人は真《ま》ッ蒼《さお》になってしまった。

二、ドクトル牧氏の苦心

隆鼻術施行後の注意として、斯界《しかい》の権威者たちは、一様に次のような言葉を被術者達に与えている。即ち、施術後一週間は、必ず矯正の意味にても自ら鼻を指にて摘んだり押さえたりせぬこと。入浴洗面をせぬこと。針の痕の薬を注意すること。酒を呑まぬこと。一週間経過後はもはや大丈夫にして永久不変なるも、ただしなるべくその個所はその心持で保護し、激しい衝突打撲等は出来るだけ避けること——等々である。

丹下高子夫人といえども、この注意を無視したわけでは決してない。不意打の災難というようなものは、人間の薄ッぺらな注意力なぞで無暗と避けられるものではない。縁の框との激しい衝突によって、鼻のパラフィンが足を突き出したのも、いわば不可抗力であろう。もっとも、普通の鼻にしたって、これだけ激しい衝突をすれば、あるいは歪《ゆが》むかも知れない。

それはさておき、いまや高子夫人は予期もしない変事の真《ま》ッ只中《ただなか》に飛び込んで呆然となってしまった。見ればもう鼻は、左へグイと大きくまがっているばかりではない。まがったまま奇妙な風に腫れあがって来た。しかも手をふれようとすれば飛びあがるほど痛い。大変なことになったものである。

が、やがて高子夫人はふらふらと立上った。まったく、こうしてはいられないのである。早くなんとかしなければならない。このような姿を、あの何も知らない瞭太郎氏にでも見られたなら、すべては終りである。死か、生か。そうだ――いまや彼女は危地のどん底に於て、からくもただ一つの進路をみつけ出したのだ。自分の幸福をこの危地から救ってくれる者は、八年前に厄介になった、あのドクトル牧《まき》氏を除いては絶対にない！

そう思うと、もう高子夫人はジッとしてはいられなかった。こうしている間にも誰かやって来たならどうしよう。一刻をも争うときである。そこで彼女は、まだ感冒の流行る季節ではなかったが、マスクをとり出して顔にあてると、台所の片附なぞはあとにして、殆んど着のみ着のままで表へ飛び出し、タクシーに飛び乗ったのであった。

ドクトル牧氏の病院は、牛込矢来町《うしごめやらいちょう》の近くにあった。高子夫人が駈けつけた時は、恰度外来患者の診察時間であって、二三人の先客があったが、間もなく番が来て、牧氏の診察を受けることが出来た。

ドクトル牧氏は極度の近眼で、度の強い近眼鏡をかけているため、まるでバセドウ氏病の患者みたいに、眼玉が飛び出しているように見えた。その上、甚だしい赤鼻である。多分、酒好きで、逆上性《のぼせしょう》で、その上いつも鼻の頭を摘んでは患者にいろいろと鼻の説明をするので、こんなに赤く充血しているのかも知れない。しかし高子夫人は、八年前と少しも変らないその牧氏の顔を見て、すっかり安心した。

「ははあ、大分ひどく衝突しましたね。そのパラフィンは、もうずっと前に入れたものですね。」

「あの、八年ばかり前でございます。やはり先生のご厄介になりまして……」

「ああそうですか。――どれどれ、一寸拝見。」

高子夫人は、黙って唇《くちびる》をかみしめていた。が、一応の診察がおわると、すぐにきり出した。

「先生、早速なおしていただけましょうか?」

「承知しました。むろんすぐにかかりましょう。が、五日間くらいはかかりますね。」

「えッ、五日間！　まァ先生。そんなにかかっては困りますわ。是非とも、今日中に、それも、午後の四時ころまでに完全になおしていただきたいのですが……」

「いや、冗談じゃありませんよ、奥さん。全々新しい鼻を高くするのでしたなら、精々一時間もあれば結構ですが、あなたの場合は、古いパラフィンを抜き出して、一応地盤をかためて、それから新しいパラフィンを入れるのですから、とてもそんなわけにはいきません。」

「でも先生。──ああ、どうしましょう。そんなにかかっては……。あの、実は先生。御承知と思いますけど、わたし、この鼻のことは、いままで、親にも夫にも、絶対に秘密で参ったのでございますが、いいえ、これからも絶対に秘密で通すつもりでございます。それが、今日中になおらなければ、大変なことになってしまいます。鼻の秘密が破れる位でしたなら、わたしは、まだ盲《めくら》になったほうがましでございます。いいえわたしは、死んでしまいます。お願いです、先生。早くなおして下さいませ。」

ドクトル牧氏は、柔かな表情で、いちいち頷きながら聞いていたが、やがて静かにいった。

「どうも困りましたな。実は私は、あなたのその鼻を見せていただいた時に、これは、この際、新式の肉質隆鼻術になおしてしまったほうがいいと思ったのです。つまり、もうパラフィンや象牙《ぞうげ》を入れるのはよして、薬の注射によって肉質に刺戟《しげき》を与え、結締《けってい》組織の新生を促すという方法ですが、これは絶対完全無欠のかわりに、少くとも完成までに二三ケ月を要するのです。しかし、あなたはお急ぎのようですから、残念ながらこの方法はやめて、やはりパラフィンの注射をするのですが、それにしても、もうそんな太いパラフィン一本だけでは、一旦動いた鼻は危険ですから、もっと小さな細いパラフィンを何本も注射して、パラフィンとパラフィンとの中間に、つまり結締組織の新生する余地を沢山こしらえ、全体としての坐りのいいしっかりしたもの──いわゆる改良パラフィン隆鼻術というのを施術しようと思うのですが、これがどうしても、五日間はかかるんです。が、あなたの御事情を伺ってみれば、ご尤《もっと》もなところもありますから、それでは、特別の技術を用いまして、三日間——明後日《あさって》の朝までになんとかいたしてみせましょう。が、そのかわり、これには絶対に、入院していただかねばなりません。いかがです。」

「…………」

「どうしますか？　奥さん。」

「……あの、先生。もしこのまま放《ほう》って置きましたなら、どうなるんでございましょうか。」

「それはだめです。むろん腫脹《はれ》のほうは、冷せばやがてなおるでしょうが、その代り鼻の形は、そんな風にグッと左のほうへまがったまま、かたまってしまいますぞ。」

「まァ、……では先生。もしお願いするとすれば、三日間、入院するのでございますか。」

「そうです。もし、入院しないで出来るとしても、三日間というものは、古いパラフィンを抜きとるため、鼻が一時はペシャンコになってしまいますから、あなたの場合の御事情で通院は出来ないでしょう。」

「……で、もしお願いするとしますと、御料金のほうはいかほどでございましょうか？」

「そうですね。——入院の費用も入れて、全部で、特別ですから、百円くらいになりますかね。」

百円！——しかも、三日間の入院！

なんというえらいことになったものであろう。だが、今更引きさがることは絶対に出来ない。それは、破滅以外の何物でもない。丹下高子夫人の幸福は、いつにかかってこの鼻にあるのではないか。クレオパトラの鼻は世界を動かしたとさえいわれている。高子夫人の鼻が、たった一人のその所有者の幸福を動かしたとて、なんの不思議があろう。

とうとう高子夫人は、決心した。

「それでは、先生、お願いいたします。そのかわり、先程も申上げたような事情ですから、わたしが御厄介になりましたことは、絶対秘密にお願いいたします。」

はなしがそうときまれば、わけはない。

ドクトル牧氏は、直ちに高子夫人の鼻に局所麻酔を施して、みるみる古いパラフィン棒を、まるで鳥の羽の茎のように、わけもなく抜きとった。

やがて高子夫人は病室へ引きとった。

もう鼻は痛まない。それどころか繃帯の下で妙な温気《うんき》をさえ発したらしく、なんだかムズムズとかゆくなって来た。時どき、診察室へ特別の手当を受けに出掛けるほかは、そのムズかゆくなって来た鼻を繃帯の下にもてあましながら、むろん用意もして来なかった高価な施術料を主人に内証でどうして工面したものだろうとか、いまに主人が帰宅したなら自分のいないのを知ってどんなに心配するだろうとか、さりとてこんなところにいることを知らせることなぞとても出来ないし、というようなことどもを、まるで悪夢のように次から次へと痺れた頭で考えた。

そうしていいようのない不安と焦燥のうちに、とうとう一日を過してしまった。

ところが、その翌朝《よくちょう》のことである。

朝の特別手当を受けて病室に帰った高子夫人は、退屈と焦燥とをまぎらすために、何気なく開いた新聞紙の一隅を見て、

「あッ。」

とばかり、思わず声をあげた。

三面の、その隅の欄には、短くはあったが、次のような記事が載っている。

人妻・謎の失踪事件

昨〇〇日午後五時頃、世田ケ谷区太子堂町《せたがやくたいしどうまち》〇〇番地の丹下瞭太郎氏は勤務先の〇〇省から帰宅すると夫人高子さん（三二）が謎の失踪を遂げているのを発見、八方心当りを捜査せるも行方が知れないので直ちに世田ケ谷署に届出たが、同氏宅の勝手口の戸は丹下氏の帰宅前より開放されたままであり、台所には食器類が散乱してしかも夥しい血痕が各所に付着しているのであるいは兇悪なる誘拐事件とも目され、当局では直ちに極秘裏の調査を開始したが高子さんの安否は極度に憂慮されている。

三、悪漢氏の捏造

奇怪な、自分の失踪を告げる新聞記事を読んで、高子夫人がいかに驚いたか、読者諸君の御賢察を仰ぎたい。

いまや高子夫人は、混乱と狼狽の絶頂に追いあげられた。

――考えて見れば、なんという思慮のないことをしでかしたものであろうか。いまごろ瞭太郎氏は、最愛の妻を見失って狂気の如くなっているに違いない。そのありさまが、高子夫人には手にとるように見えるのである。それを思うと高子夫人は、すぐにもこの病院を抜け出して、瞭太郎氏のところへ飛んで行きたい激情に駈られるのであるが――いやいや、このようにあさましい姿ではとてもそんなことは出来ない。今更そんなことが出来るくらいなら、いままでこれほど苦労をしてこんなところまでやって来るのではなかったはずだ。考えてみれば、すべてこれ災難である。

彼女はまた、こんな風にも考えた。

なるほど今ごろ瞭太郎氏は、狂気の如くなって自分の安否を気遣っているに違いない。が、実際の自分は、決して瞭太郎氏が気遣っているような種類の危険に陥っているのではない。こうして無事平穏に鼻の手術を受けているのである。しかも、もう明日になれば帰ることが出来るのだ。いま帰ったとて明

日帰ったとて、それで瞭太郎氏の苦悶の償いが出来るわけではない。しかも、明日帰れば万事は上乗に解決するのであるが、いま帰れば、ああなんと、いままで永い間守り来った自分の誇りと幸福が、永久に打破られてしまうではないか。

――だがしかし、それかといって、明日までこのままこうしていてもよいものであろうか。事件はもはや瞭太郎氏一人ではない。もう警察の耳へもはいっているのではないか！　それにまた、もし明日まで頑張って帰るとしても、いったいどうしてこの失踪事件の真相を誤魔化したらよいであろうか！　なおまたこの病院の高価な施術料を、どうして内証で工面したものであろうか！

――ああ、いっそのこと、なにもかもあらいざらいぶちまけて夫の前にひざまずこうか。――いやいや飛んでもない。いまさら鼻の秘密を打明けるとしても、相手はもはや夫一人ではない。広い世間が相手である。その広い世間の前へつぶれた鼻をさらけ出して……おお、考えただけでも恐ろしい。――

実際、高子夫人の転々する苦悩の情は、このようにも吾々の想像を絶したものであった。しかも夫人は、こうした激しい苦悩の中に、転輾《てんてん》数時間を悶《もだ》えつづけたのである。そして、更に驚くべき事には、ついに夫人はこうした苦悩を独力でもって切抜けてしまったのである。

その日の午後、高子夫人は、妙に澄みきった気持で便箋に向うと、ペンをとって次のように書きはじめた。

大変な御心配をかけてすみません。なにから申上げてよいことやら。でも、御安心下さい。わたしの体と純潔とは絶対無事に守られております。実は、もう御想像のことと思いますが、わたしは誘拐されたのでございます。いま、あるところに監禁されておりますが、犯人は意外に恐しくない悪人らしくない男

で、実はおどろいております。詳しいことはあとで申上げますが、近眼で、目玉の飛び出したような赤鼻の人の好《よ》さそうな男です。犯人のほうでもこんな大事にするつもりでは始めからなかったらしく、あなたが警察なぞへ訴えられたらしいので却《かえ》って逆上して、一時危険になりそうでした。むろん、犯人はお金が欲しかったのです。それで大至急お願いいたしますが、絶対秘密で百円お送り下さい。ただの百円です。犯人のほうでもおじけがついて、もうそれでよいというのです。送りかたは、わたし宛の郵便で、牛込局留にしておいて下さい。そうすれば使いのものが取りに行くらしいのです。くれぐれも申上げますが、これは大至急、絶対秘密に御願いします。相手は素人です。しかも金額は少いのです。わたしの安全のために、絶対に警察なぞへは云わずに目をつぶって出してやって下さい。そうすれば、大騒ぎをしなくても、ことを荒立てずに、わたくしは絶対安全に明日中には帰ることが出来ます。素人の犯罪者は、切羽つまるとどんなことをやるかも判らないというではありませんか。どうぞいつものあなたのように、わたしを信じて、万事わたしのお願い通りにして下さい。最後に、わたしの体の安全と純潔が、絶対無事に守られていることを重ねて申上げます。

高子より。

書きあげると、夫人は、一種悲壮な気持でそれを封筒へおさめ、炊事の小母《おば》さんに頼んで速達郵便にして出して貰ったのである。

ところで、世に夫の心を妻ほどに知るものはないといわれるが、まことに至言というべきではあるまいか。なによりの証拠に、果してその翌朝、高子夫人に再び頼まれて郵便局まで出掛けた炊事の小母さんは、高子夫人に宛てた一通の封書を持って来たのである。むろんそれは、丹下暸太郎氏の直筆になる手紙であって、いそいで封を切った高子夫人の膝許へ、金百円也の為替券が、ヒラヒラと舞い落ちたのはいうまでもない。添えてあった便箋には、こんな文句が書いてある。

手紙見た。安心す。何も云わぬ。万事お前の指図通りにした。一刻も早く帰りを待つ。

暸太郎より。

四、丹下夫妻の幸福

さて、高子夫人の鼻であるが、彼女の鼻は、昨日あの悲壮な手紙を書きはじめたころから、妙に繃帯の下の温気がぬけて、ドクトル牧氏のいわゆる地盤が固まったのであろう、今朝はもうひどくサッパリしてしまった。そしていよいよ牧氏の手によって、改良パラフィン隆鼻術が施されたのであった。施術は、二時間ばかりの時間を費して、万事順調に片付いた。

ドクトル牧氏が、赤鼻を一層赤くし、近眼を一層飛び出さして、特別の技術をふるったお蔭で、夫人の顔の真ン中には、昨日の朝までの鼻とすっかり同じな、いや優るとも劣らぬ、立派なギリシャ鼻が、見事に出来あがったのである。もっとも、少しばかり鼻の周囲から両頬へかけて、妙に引ッ張られるような圧迫感と、幾分の腫張が来ているようではあったが、しかしこのような一般的な手術後の付帯症状は、もう八年前に卒業ずみの高子夫人である。しみじみと心の底から湧きあがって来るような、安心と幸福感とにあふれながら、厚く礼をのべ、ドクトル牧氏のもとを辞したのであった。

ところが、待ちかまえていた丹下瞭太郎氏が、帰って来た高子夫人を狂喜して迎えたのはいうまでもない。

「よかった。よかった。無事でよかった。」

「ご心配かけてすみませんでしたわ。でもわたし、なんだか頭がボーッとなってしまって、お話しすることが山ほどあるような気がするかと思うと、何ひとつお話しすることなぞないような気もしたりして、何が何だかわかりませんの。」

「そうだろう。もっともだ。もっともだ。」

「ねえ、あなた。」

「う?」

「わたしの鼻、少し腫れてるでしょう。」

「うーム、そういえば少し腫れてるかな。どうしたんだい?」

「それがね、あの時、お台所で妙な薬を嗅がされて、思わずふらふらと転んだ時に、縁の框へうちつけたらしいのよ。」

「ああ、そうか。あれはお前の鼻血だったのか。」

「あら、鼻血がこぼれていましたの。知らなかったわ。なんだか夢見心地で、自動車に乗せられたようなところまでは覚えていますが……」

「もうよい。もうよい。そんな話は、すっかり気持でも恢復してからにしなさい。いやもう忘れてしまっても構わないよ。——そうだ。そういえば、私はお前の手紙のことは指図通り誰にも話してないが、もうお前は無事に帰って来たのだから、なんとか、世話になった人達や、警察のほうへは断って来なければならないが……」

「そうですわね、ほんとに。それ、大至急お願いしますわ。まず、警察のほうを貰い下げて下さいな。あとの祟りが恐しいから、もう遠くへ逃げてしまった犯人のことなぞ云わないで、なんとかうまく口実をつけて取消して来て下さいな。——そうね。わたしを、勝手に家を飛び出した、ヒステリー女にでもしてしまったら、いいじゃありませんか。」

「そうだな。そうだな。じゃァ善は急げで、早速出掛けよう。」

丹下氏は、そういって、元気な足取りで出かけて行った。

高子夫人は、一人きりになると、鏡台の鏡へ、自分の顔をうつして見た。

そこには、われながらうっとりするような、立派な美しい鼻があった。この鼻の中に、一団の細かなパラフィン棒が、一杯につまっていることなぞ、どうして丹下氏に見抜き得よう。

高子夫人はコンパクトをとり出すと、満足そうに白粉のパフで、その美しい鼻の頭を軽く叩いてみた。

蜘蛛と聴診器

竹《たけ》村《むら》猛《たけ》児《じ》

蜘蛛《くも》と聴診器《ちやうしんき》
竹村猛児
高井貞二画

（一）

「先天性《せんてんせい》蜘蛛《くも》嫌忌症《けんきしょう》」という病名が仮りに付けられるとしたならば、医師野本《のもと》氏は正にその患者であると云うことが出来る。

男であり大人でありしかも医者である野本氏が、何故《なにゆえ》に小さな虫ケラである蜘蛛がそれほどに恐ろしいのか？　他人が了解できがたいのも道理、当人の野本氏すらその理由が解らないでいるのである。

野本氏が生来、神経質であると云うことは野本氏自身が充分に認めていることで、時には野本氏は自分を一種の遺伝負因《ふいん》ある変質者では無いかと恐れているくらいである。そう云えば一つ思い当ることが無いでも無い。

今は死んでいない野本氏の母が野本氏を妊娠して約六ヶ月のとき、庭の掃除をしている中に庭の木に懸った蜘蛛の巣を払おうとして、過ってその手の甲に落ちた女郎《じょろう》蜘蛛に強く嚙まれたことがある。野本氏の母は直ぐその蜘蛛を払い退けて踏み潰したが、その夜から蜘蛛に嚙まれた手の甲が腫れ上って悪感《おかん》と発熱を来し、数日間は高熱に浮かされたほどの全身症状を起した。幸いにも熱は数日の後に収まり、手の甲の原発刺創《げんはつしそう》も綺麗に全治したものの、その時に野本氏の母は、小さな虫ケラの嚙傷《ししょう》が人体に及ぼす影響の仲々大きいことに驚かされたのであった。

この外に野本氏が蜘蛛を恐れる原因と考えられることは何一つ無い。にもかかわらず蜘蛛を恐れる観念は恐迫的であり、野本氏自身がその恐怖の病的であることを認めているのに、取り除くことは不可能であった。

それればかりでは無く、野本氏の近くに蜘蛛がいる時には、野本氏は本能的の胸騒ぎを覚えてこれを知った。

六月の末の梅雨晴《つゆば》れの夕暮時、野本氏は近所の患家《かんか》から往診の依頼を受けた。野本氏は内科の開業医であった。

患家はその日が初めての新患で、×公園×号地×号の筑母《つくも》八郎《はちろう》という四十三歳になる男であった。

「胃痙攣で大変苦しんで居りますから直ぐ来て下さい」

と使いの男は云った。

野本氏は×公園の近くに開業しているが、公園が嫌いであった。公園に散歩に行くことなど絶えて無かった。公園が嫌いと云うのでは無いが、公園の樹木にいる蜘蛛が嫌いなのである。従って近頃は公園が嫌いになっている。

今の患者が×公園×号地×号に住むということは、野本氏に取っては実に気に入らない場所であるが、差し当って忙しい仕事をしているわけでも無し、断る理由も無いので、

「早速御伺い致します」

と返事をさせて了《しま》った。

×公園×号地に行くには、どうでも公園の中に入って行かなければならぬ。従って立木の間を通らなければならない。野本氏は鞄を小脇に抱え込んで、首を縮めて歩いて行った。

久し振りの晴れ上った一日であったが、まだ永雨《ながあめ》の湿りを完全に乾かすわけには行かない。道はシットリと黒く濡れて、樹々は艶やかに新緑の葉を延ばして、夕方の公園の中はヒンヤリと冷たく寂しかった。

野本氏が足早に樹木の下を通り抜けようとした時、急に、いつも蜘蛛が身近に迫ったときに感ずる何ともいえぬ不快な悪感を全身に感じて、思わず身を竦《すく》めた。

途端に竦めた野本氏の襟元にヒヤリと水のように冷たい軽い感触を感じた。

「ワッ！」

と野本氏は叫んで、思わず小脇の往診鞄を投げ出した。野本氏は自分の襟に下りた軽い冷たい小さな物を見ずとも、それが木の枝から垂れ下った蜘蛛であることをハッキリと感じたのであった。

鞄の中から転がり出した注射器、懐中電燈、浣腸器、聴診器等の道具が湿った黒土の上へ冷たくピカピカと散乱した。

野本氏は身を屈めて震える手先で飛び散った道具を急いで拾い集め、鞄の中に押し込むと、逃げ出すようにその場を立ち去った。

「筑母八郎」という標札の家がやっと見つかった。

朽ち掛けた枝折戸《しおりど》の門をギイと押し開けて入ると、今時東京の市内にこんな所があるかと怪しまれるばかりの荒れ果てた前庭《ぜんてい》に、薄《すすき》や雑草が新しい葉を延び放題に蔓《はびこ》らせて、見るからにすさまじい景色であった。

ギチギチ云う建て付けの悪い格子戸を押し開けると、玄関に棟上げに使用した古い大きな飾りの付いた板が立て掛けてあった。

「御免下さい」

と玄関の土間に立って野本氏は訪《おとな》ったが、誰も答える者がなかった。玄関の欄間《らんま》に短い鳶口《とびくち》が掛っていた。

「御免下さい」

と再び野本氏

足踏みこんだとたんに、ゾーッと全身に伝わる不快な悪感。

が訪い入れると、奥の間から、

「どうぞ、御通りなすって」

という微かな声が聞えた。

野本氏は今は躊躇せず靴を脱いで上って行った。

奥の間といっても三畳の玄関から次が六畳の一間で、この部屋がこの家の主人であり患者である人の病室であった。

枕元に背の低い薄汚れた安っぽい風呂先屏風《ふろさきびょうぶ》が立て廻してあり、その屏風には、「ろ組」とか「は組」とかいう纏《まとい》の図柄を印刷した細長い小さい紙がべタベタと不器用に貼り散らしてあった。

「今、若え野郎を、使いに出しまして、失礼申し上げます」

落魄《らくはく》した棟領《とうりょう》といった感じのする病人は喘《あえ》ぎ喘ぎこう云って、野本氏に挨拶した。言葉を区切り区切りいうくらい、病人は疼痛《とうつう》に苦しみ続けて、

「ウーム、ウーム」

と唸っていた。

「痛みますか?」

野本氏は病人の枕元に坐って、形式的に訊ねながら手を延ばして脈を見た。

「引っ切りなしに、差し込みまして、何とも、意気地のねえ話ですが」

病人の額《ひたい》の辺に冷汗の小さな玉が浮いている。

「兎に角一応診察して見ましょう」

野本氏がそう云って鞄を引き寄せたとき、ゾーッと又々、全身に伝わる不快な悪感に襲われた。

「何処かに蜘蛛がいるな」

次第に増大して来る強迫的の悪感を無理に抑え付けて、聴診器を患者の骨張った胸に当てたとき、野本氏は危く驚きの声を出しそうになったほどの怪しき音を聞いた。患者の心臓部に聞いた音は、肺動脈第二音の亢進音《こうしんおん》でもない。収縮期性または拡張期性の雑音でもない。心臓基底部の摩擦音でもない。第

二大動脈音の有響性音《ゆうきょうせいおん》でもない。房室《ぼうしつ》完全分離収縮音でもない。また期外《きがい》収縮音でもない。

それは実に大きな蜘蛛がこの患者の胸の中に生きていて、ガサゴソと匍《は》い廻っているとしか思われない不思議な音であった。野本氏は危く耳に当てた聴診器を取り落しそうになった。確かに聞える。夢や幻聴では更々ない。ガサリゴソリと巨大な毛の生えた八本の細い棒のような足を延ばしたり縮めたりして歩き廻る蜘蛛の足音を、野本氏は聴診器を通して患者の胸の中に疑うべからざる迫力ある真実として聴きながら、何遍も気が遠くなるばかりの悪感を身に虐まれた。

確かに野本氏の気は遠くなるばかりであった。気が遠くなるばかりでなく、気が変になるのではないかと疑われた。聴診器を患者の胸から離せば何も聞えない。が一旦患者の胸に聴診器を当てるときは、いかに静かに当てても、ガサリ、ゴソリという不可思議で奇怪で無気味で恐怖すべき音が確かに聞えて来る。

野本氏は自分の耳から聴診器をかなぐり棄てた。額一面には、冷たいギラギラ輝く細かい脂汗《あぶらあせ》の玉が一杯に浮き出していた。しかし初診の患者であるので、いかに不快な悪感を連続的に全身的に襲われようとも、一応の診察は済ませなくてはならない。

野本氏は背部を診察するために患者に向うを向かせて肌を脱がせた。その時に野本氏の全身の血液が凍るばかりの驚きを覚えた。

患者の左の肩先に一匹の大きな蜘蛛がペタリと引っ着いていた。

「ワッ！」と野本氏は叫びそうになったのを漸《ようや》くのことで抑えつけた。しかし、今は再び患者の背中に聴診器を当てる勇気は更々ない。無いどころか野本氏の全身が一つの冷たい石のように硬直して、動くことさえ出来なくなってしまったのである。

「どうか、なさいましたか」

余り野本氏がウンともスンとも云わず動かないので、患者の方がこんなことを訊いた。

「……………蜘蛛が…………背中に…………」

「ヘイ！　面目ねえ次第で、若気《わかげ》の悪戯《いたずら》で、親から貰った、大切な身体を、飛んだ恥さらしで、汚しました」

「……………この蜘蛛は…………？」

「ヘイ。文身《いれずみ》で御座んす」

野本氏はなお、目を据えて患者の背中の蜘蛛を見た。文身とはどうしても見えない蜘蛛の姿であった。薄暗い光の中ではあるが、この背中の蜘蛛は確かに生きている虫のように皮膚から盛り上っているのである。丁度大きな黒子《ほくろ》ででも無ければこんな盛り上った文身が入れられるものではない。野本氏にはどうしてもその文身の蜘蛛が生きている真実の蜘蛛としか見えなかった。今にもガサゴソと痩せた背中から匍い出して、野本氏の膝の上にでもポトリと落ちそうに思われてならなかった。野本氏の身体が恐怖でブルブル震えて来た。

「先生、早く、その注射を、して下さいまし」

と患者は野本氏の顔を見上げて催促した。その時、野本氏はまたゾッとした。こんな苦しみの最中に、患者はこう云いながら野本氏を見上げてニヤリと笑ったように思われたのである。しかしそれは野本氏の錯覚で、実は患者は余りの苦しさに歪めた顔が笑ったように見えたのかも知れない。

しかし、これが野本氏に取っては実に恐ろしい顔に見えた。しかも絶えず野本氏を襲いかかる不思議な悪感は次第に強くなり、男の傍《そば》にいる限り消失しそうには思われなかった。のみならず、身体一杯に拡がった恐怖は野本氏の頭から冷静な判断を追い払い、半ば妄想的の強迫観念に前後の思慮をさえも忘却せしめてしまった。

「こいつは蜘蛛に違いない」

と野本氏は真面目に考え出した。

「巧く人間に化けて俺を欺《だま》そうとしていやがる。畜生、どうしてくれよう」

野本氏は鞄を引き寄せて注射器を取り出した。モルヒネの小さく光るアンプールを数本揃えて口を切った。それをブルブル震える手で全部注射器に吸い上げた。

「どうするか見ていろ」

野本氏は患者の上膊《じょうはく》の皮下《ひか》に、瘤《こぶ》になる程の大量のモルヒネを一挙に躊躇するところ無く注してしまった。

「くたばってしまえ！」

野本氏は注射器と聴診器を大急ぎで鞄の中に蔵い込むと、まだゾクゾクと身内に滾《たぎ》り立つ恐怖の渦を掻き分けるように呼吸を弾ませてその家を出て、後をも見ずに家に帰った。

（二）

へとへとになって漸《ようや》くのことに自分の家に辿《たど》り着いた後《のち》も、野本氏の身内からは、ゾクゾクと陽炎《かげろう》のように匍い上る恐怖感は取去ることが出来なかった。

野本氏は診察室のベッドの上にしばらくの間横になって、ガーンとした頭を休めていた。外はもうスッカリ夜になっていた。

やっとのことで起き上った野本氏は、診察室に備え付けた薄桃色の昇汞水《しょうこうすい》の中に両手を入れて、宛《あたか》も不潔な黴菌《ばいきん》を洗い落すように丁寧に擦り合せた。その次に往診鞄を引き寄せて、患者の胸に直接着けた聴診器を昇汞水の中に漬けた。潔癖な野本氏には、こうでもしなければ再びこの不潔な聴診器を使う気にはなれなかった。事実、今その聴診器を持った瞬間に野本氏は再びグッと込み上げるような悪感を覚えたのである。

しかしこの時、野本氏の表情がサッと変った。顔面筋肉は凍ったように硬張《こわば》つき引っ痙《つ》り、両眼は二つの卵の象嵌《ぞうかん》の如くに動かず見開かれたままに静止してしまった。

野本氏は今聴診器を漬けた昇汞水の中を、水も透るほどに見詰めている。聴診器の尖端の心持開かれた象牙の穴の入口から、一匹の蜘蛛が、昇汞水のために半ば溺れ半ば死に瀕して、オズオズと匍い出して来たでは無いか？

ある自然の機会に、例えて見れば先刻、野本氏が×公園の木立の中で往診鞄を投げ出したような時に、この蜘蛛は偶然野本氏の聴診器の中に潜り込んで了ったものであろう。

そのために野本氏は聴診器を持つたびにゾッとした悪感を感じ続けたに違いない。

また両耳に塡《は》められた聴診器が他の遊離端《ゆうりたん》を患者の胸に押し当てることに依って、聴診器の中の蜘蛛は密閉された換気なき空気と、人体から発する体温と体臭と、異常に拡大された心音や呼吸音に脅かされて、ガサゴソと動き廻ったものであろう。この雑音は音に鋭敏な聴診器の中を通して、野本氏の耳に、宛《あたか》も患者の胸の中を巨大な蜘蛛がうごめくかの如く誇張された不可解な音響として響いたのも蓋《けだ》し当然なことであろう。

しかし問題はこんな所にあるのでは無い。野本氏は先刻《さっき》この蜘蛛に脅かされて、モルヒネの致死量を彼の患者の腕に前後の弁《わきま》えもなく平然と注射して了ったでは無いか？

野本氏の面のように硬直した顔の筋肉が弛緩すると、泣きそうな顔に変った。

「とうとう俺は最も大きな過失を犯してしまった。取り返しの付かない間違いをしてしまった。無辜《むこ》の一人の人の生命を奪ってしまった。この償いはどうしたら付けられるだろうか？　俺の一生もとうとう今日で終りとなってしまったか？」

野本氏は昇汞水の洗面器の中で溺れて死んで動かなくなった小さな蜘蛛を見て、ボンヤリとこんな事を考えていた。

（三）

昨夜はマンジリともせずに野本氏は夜を明かした。不眠の疲労と心配の過労とで血の気の失せた頬はゲッソリと落ちて、一夜で十年も年を取ったかと疑われるばかりであった。ドンヨリと濁って血走った眼は力がなく、四辺《あたり》の物を只《ただ》機械的に眺めているばかりであった。

「患者の生死はどうなっているだろう」

野本氏はそればかり考えていた。容態が変れば必ず自分の所に迎いに来るに違いない。死ねばなおさらである。ところが彼《あ》の患者は死なねばならぬだけのモルヒネを注射されている。迎いに来ないところを見るとまだ生きているのかな？　自分のところに来ずに、外の医者のところに駆け付けたかも知れない。外の医者は彼《あ》の男の死因を何と云うかしら？　あるいは何処の医者のところへも行かず、若い衆の気の付かぬ間に床の中で冷たくなって死んでしまっているのでは無かろうか？

「兎に角行って見よう」

野本氏は不眠と過労にフラフラする足下を踏み締めながら立ち上った。

野本氏の一歩一歩は倉皇《そうこう》として死地に近寄る病人の如く、蹣跚《まんさん》たるものであった。×公園の木立の間を、熱病患者の如く力ない足取りで野本氏は通り抜けた。

丈《たけ》なす雑草に荒れるに任せた前庭を横切って、建て付けの悪い格子を開けると、朝日の入る玄関の畳の汚れが、昨夜と違ってハッキリと不眠と過労に疲れた野本氏の腫れぼったい眼に薄汚なく映った。

家の中はヒッソリとしていた。誰も人のいる気配がない。

「何処かの病院にでも担ぎ込んだかな？」

野本氏が訝《いぶか》し気に玄関に立って中を覗き込むと、裏手の方に当って、

「ピー、ピー、ピピー、ピピー。ピヨピヨ」

という可愛い細い明快な小鳥の鳴声が響いて来た。その美しい音色は野本氏の暗澹たる気持と、それに似た擦り切れた古畳に比較してまるで正反対の感じがした。その音色に瞬時、耳を傾けていると、

「勝《かつ》か？」

と中から嗄《しわが》れた声が突然聞えて来た。

野本氏は吃驚《びっくり》して慌てて、

「私だ。野本だ。昨夜来た医者の野本だ」

と急き込んで答えた。

「これはこれは、先生で御座んしたか？　どうも存ぜぬもので、飛んだ失礼を申し上げました。どうぞ御上りなすって。汚く取り散らしてありますが、どうぞ御通りなすっておくんなさいまし」

中から声が聞えて来るのがどうも昨夜の患者の声らしい。その証拠には、声を聞いた瞬間に野本氏の身体に今まで忘れられていた悪感が再びゾクゾクと甦って来たのでも知れる。それはこの男の背中の蜘蛛の文身のせいか、または外に蜘蛛でもいるのか、野本氏には見当がつかなかった。

「まだ生きていたのか？」

野本氏は半ば安堵と半ば恐怖の念に駆られながら玄関に上った。

「どうぞこちらへ」

と男は立って来て野本氏を日の当る縁側に案内した。野本氏は男の顔をマジマジと見詰めた。確かに昨夜、注射した男だ。あれだけ強い麻薬の致死量を確かに注射したのに、まだ死なずにいる。死なないばかりか昨夜よりズット顔色もよくピン

飼いならした山雀はサッととんで来て彼の肩にとまった。

ピンしている。本当にこの男は魔性の物で、麻薬の力も効を奏さぬのか？　野本氏の頭に再び昨夜の病的に興奮した取り止めのない錯覚が起り掛って来た。

「只今、小鳥の世話をして居ります所で、小鳥と云うものは可愛い奴で御座んす」

と男は、野本氏の不審等

には一向御構い無しにこんなことを云う。

「まして子飼いにした小鳥は、それは可愛いもんで御座んす。これは山雀《やまがら》で、良く馴れて居ります。籠から出しても逃げるこっちゃ御座んせん。ちゃんと手前の主人は知って居ります。すぐ私《あっし》の肩に止りますんで、全く可愛いい奴で御座んす」

縁側に置いてある脊《せい》の高い籠の中には、頭の黒い頬の白い身体の栗色の小鳥が一羽、ピョンピョンと宙返《ちゅうがえ》りをしていた。

「……身体の工合《ぐあい》は？」

「ヘエ、申し遅れまして、全く昨夕は有難う存じました。この通り今朝はグッと楽になりまして、全く有難く存じて居ります」

「……注射は？」

「ヘエ、注射は良く効きました。今朝もその事で、勝の野郎に先生の腕前の確かなことを話して居りましたんで、私も今まで大勢の先生方に診て戴きましたが、たった一度の診察であれだけのモルヒネを注射して下さった先生は、東京広しといえども一人だってあるこっちゃ御座んせん。

どの先生も一本か二本で。中には私がモルヒネ中毒患者と云うことが解ると、一本の注射もせずにサッサと帰って了われる先生もありました。

当節は魔薬取締令とか何とかむずかしい規則がありますんだそうで。ただ御迎いに上っても、モルヒネ中毒だと解ると何誰《どなた》も来てくれるこっちゃ御座んせん。

ですからこの節は私も色々と手段を覚えまして、やれ胃痙攣だとか何だとかかんだとか、先生の前ですが、浅ましいことに、先生方を欺してまで御呼びして注射して戴かない事にゃ、薬が切れますと油の切れた歯車見てえなものでして、どうにも動きが取れません。

この先生のお迎え役がいつも若え者の勝にさせますんで、いつかあの野郎、欺してお医者を呼びましたことがそのお医者に知れまして、胃痙攣だと云うので急いで来て診察して見ると、胃痙攣でも何でもねえ。ただのモルヒネ中毒で、丁度そのお医者が一杯呑んでいた所へ少々気の荒い人だったと見えまして、

「この野郎、医者に嘘を云いやがって飛んでもねえ野郎だ。承知しねえぞ」

と云うが早いか、ポカリと勝の横面《よこつら》を張り倒して出て行ってしまいました。いやどうも、サッパリした気持のいいお医者で、此方《こっち》は苦しみながらも、見ていてどうも手を叩いて賞めて上げたいくらい美事なもので御座んした。

ところが先生に御願いしましたところ、ただ一度見ただけで胃痙攣じゃねえ、モルヒネ中毒だと云うことを見抜かれまして、一度にあれだけの注射を惜し気もなく、危なげもなく平気でなすって黙って帰って行かれた度胸と腕前には、私もホトホト感じ入りました。

私の云うのはここで御座んす。誰でもモルヒネ中毒だと解れば怒って一言や二言叱言を云う。中には

百万遍も叱った上で注射もせずに帰ってしまわれる。と云ってこっちは嘘を云って先生を呼ぶので、文句を云えるわけはねえ。ところが先生はそうじゃねえ。一言《いちごん》の叱言も仰言らずに、思うさまモルヒネを注射してサッサと引き上げてしまった綺麗な御仕打には、私も思わず頭が下りました。ああ、若いに似合わぬ良く出来た立派な先生だ。恐れ入った。申し訳けねえ。百万遍の叱言より一言も云わない花も実もある先生の見上げた御仕打の方が、私の胸にピンと参りました。もうモルヒネ注射もすまい。と失礼ながら私は昨夜決心しました。

勝の野郎は先刻《さっき》、公園に出て行きましたが、程無く戻りましょう。戻りましたら粗茶を一杯差し上げとう御座んす。直ぐ戻ります。今蜘蛛を捕りにやりましたんで」

この男の雄弁を呆気に取られて聞いていた野本氏は、蜘蛛という言葉を聞くとギックリと現実に引き戻された。

「……蜘蛛を?」

「左様で御座んす。毎朝蜘蛛を捕りに出しますんで。蜘蛛は一番この山雀の御馳走で御座んす。これで手にも止れば肩にも止るように慣れますし、芸当も覚えますし、第一声がズンと良くなります」

男は山雀の籠の蓋を開けると、この小さな敏捷な鳥は人を恐れる気色も無く、サッと籠から飛び出して男の手の上にピョンと止った。男が肌を脱ぐと山雀は一飛びに肩に飛んで、男の左肩の蜘蛛の文身を一度二度細い口嘴《くちばし》で突ついた。

「どうも慣れては居りますが、こいつも矢張り畜生で御座んす。毎日のように肩に止らせて居りますから、肩の蜘蛛は文身だと云うことが解りそうなもんですのに、籠を出してやりますと、一度は必ずこの文身の蜘蛛を突ついて食おうとしますので。今腹が空いて居りますからなおさら、口嘴に力があります。お蔭でこっちは蜘蛛の文身が盛り上って、この節は本当の蜘蛛が肩に止ったようになってしまいました。オヤ、もう御帰りで御座んすか？　まァもう少しいいじゃありませんか？　勝の野郎がもう帰ります。粗茶ですが一杯入れますから」

この上蜘蛛を沢山《たくさん》捕って帰られては耐らぬので、野本氏は立ち上ってその家を出た。そして今朝来た時とはまるで反対の明るい気持で、×公園の木立の中の道をユックリと歩いて帰った。

杭州城《こうしゅうじょう》殺人事件

米田祐太郎《よねだゆうたろう》

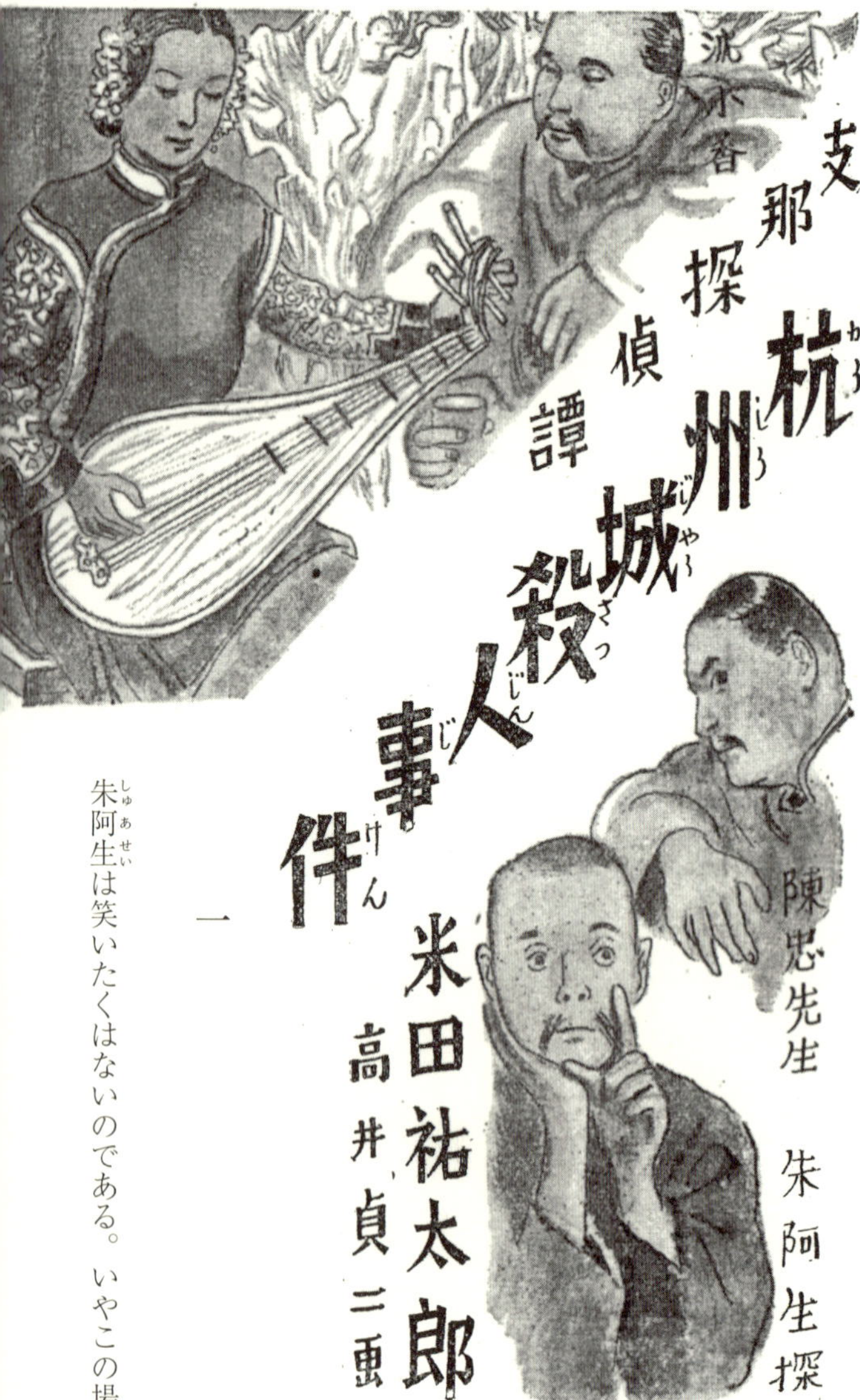

一

朱阿生《しゅあせい》は笑いたくはないのである。いやこの場

合、笑って不可《いけ》ないことは判りきっている。なるべく七《しち》難《むずか》しい顔付をして控えていなくてはならないので、無理に笑いたいのを耐《こら》えていたのであるが、それでも到頭《とうとう》たまらなくなって、

「うふッふふふふ」と、漏したのが切っかけとなり、ついに、

「うわッはッははは」と、腹の底から一時に堰を切った水のように爆笑してしまった。

さてこう勢よく笑ったとなると、相手の顔を見るたび、そのことを想い出し、可笑《おか》しくて可笑しくて耐《たま》らない。一方に笑ってはならぬぞと叱《しか》責られる気持はありながら、人間は妙なもので、一層に可笑しくて仕方がないのだ。

何がそんなに吹き出したくなるのかと云って、これは笑わないでいろというのが無理かも知れない。

朱阿生の前に立って、訴えている相手は、被害者である装身具店《かざりや》の老爺《おやじ》で、かれとしては莫大な金額の品物が盗難に遭っているのを、腹立ちやら、泣き出したいやら、ごっちゃの感情を顔に現し、その模様を逐一申し立てていたのに、俄然うわッはッはははと酬《むく》いられたのであるから、キョトンとし、呆然と黙り込んだ。

老爺の泣訴《きゅうそ》を聴いていた朱阿生はお役人である。しかもそうした犯罪者をすぐにも逮捕しなくてはならない捕吏《ほり》で、昨年、巡撫《じゅんぶ》について転任して来た名探偵陳忠《ちんちゅう》の助手である。

かれの主人、陳忠はこれまで迷宮に入った難事件を幾度か片づけている有名人であるから、かれもまた、役に立つ立たないは別として、田舎の街では朱旦那として、相当に顔が通っていたのである。だから装身具店の老爺が盗難顚末をお役所へ届け出に駈けつけて来た途中、路上で朱旦那の姿を見かけたのを幸い、逸早《いちはや》く訴え申上げたところ、犯人逮捕の手配でもしてくれることか、うわッはッははははと爆笑しているのだ。

「旦那！　笑って許りいねえで、盗人をふん摑《づかま》えて下せえ。お得意さまから預った大切な品を奪《と》られ、どうしていいか判らねえのでごぜえます」

「判っている。うわッはッははは。心配せんでも、うわッはッははは。きっと犯人は、うわッはははは。捉えてやるぞ。うわッはッはははははは」

これでは飾り屋の老爺でなくとも、頼りなく、心配せずにはいられない。

その盗難顚末というのは、この老爺が杭州《こうしゅう》城内の中街《ちゅうがい》に店を開いている。装身具店と云ってもかれ一人で、小ぢんまりと街路に面した家の片隅で、いつも貴金属類の細工をしていた。

今日も昼すぎ、例の通り、側《かたわら》へ油燈《あぶらとう》をつけたまま仕事をしていると、すっと店の土間へ入って来た一人の男、客かと見上げると、顔を顰《しか》めて苦しそうな様子で、

「済みませんが、お願いがあるんでして！　実は私、そこの玄妙観《げんみょうかん》の道士さまから良い膏薬を貰って参りましたものですが、急に腫物が痛み出し、困っているのでございます。膏薬をのばして、貼って行

きたいのですが、いかがでしょうか?! その油燈で焙《あぶ》らしては頂けませんでしょうか?!」

「ええ、よございますとも!」

飾り屋の老爺は、どうせ細工に必要のため点け放しにしてある燈火《あかり》なので、気前よく返辞をすると、男は嬉しそうに幾度か礼を述べて、取り出した膏薬を焙って溶していた。と不意に、その大きな膏薬を老爺の口へぺたり貼りつけたので、驚いたの、狼狽《あわ》てたの! 叫びも出きず、口も利けず、引ッ剝《はが》しにかかっている間に、前にあった金の耳輪や腕輪を引ッ攫《さら》って、逃げてしまった。

膏薬はようやくに引ッ剝したものの、その犯人はどこへ行ったか判らないと云うのだ。

朱阿生は、老爺の唇辺《くちびるへん》に膏薬の名残りが松脂《まつやに》のようにこびりついてるのを見ると、笑うまいとしても、かれが膏薬を貼りつけられた光景を想像し、思わずもぷッと吹き出し、うわッはッはははと爆笑したのである。

犯人捜査の手配をするからと、飾り屋の老爺と別れてからも、朱阿生は思い出しては、うふッふッふふふと笑っていたが、これは何も、老爺の口に膏薬を貼ったということが、いつまでも可笑しいのではなく、かれは今日は鳥渡《ちょっと》したことでも浮々し、嬉しくて仕方のない理由があった。

杭州城から西へ二里余り、霊隠山《れいいんざん》の武林藩司《ぶりんはんし》の沈小香《ちんしょうこう》から、陳忠旦那と一緒に今夜、宴会へ招待を受けていた。かれは生れて始めて、こんな豪い人から立派な宴へ招かれているのだ。藩司と云えば、県知事・府知事、それ等を監督する巡按使《じゅんあんし》の督撫《とくぶ》よりも権力があって、素晴しい役人である。

今夜の宴会には、杭州城で選りぬきの妓女《ぎじょ》だって、杯盤《はいばん》の間《あいだ》を斡旋するため、百人、いやそれ以上も来るに違いない。だから綺麗になって行かなくてはならないので、飾り屋の事件など忘れた形で、路傍の床屋に立ち寄り、頭から顔まで当って貰った。

「では旦那！　どうか、これでお顔を！」

「あいよ」と、朱旦那は上機嫌で、床屋に云われるまま、腰掛台から起ち上り、洗面器の水で、顔を洗っていた。

その後《うしろ》から忍び足、床屋へ眼と手で云うなと示しながら、一人の男が笑いを浮べて、朱旦那の腰掛台をソッと持ち去った。

床屋は、朱旦那が腰掛台のないために惹起する光景を思い描き、これもニヤニヤと笑っていた。

「おやッ！　腰掛台をどうした？」

「あッははは、

判りましたか？　唯今、御存知の方が冗談に、あちらへ持って行ったのです」

「何ッ？　知ってる男が?!　誰だ？　詰まらない悪戯《いたずら》をするのは?!」

朱旦那は杭州城内ならいざ知らず、ここ武林の街でと、不審に思いながら床屋と一緒に、腰掛台を持ち去った男が隠れた横町の角へ廻って来て見ると、もうそこにはそんな男の姿はない。

「やッ！　騙《かた》ったのだ！」と、床屋は今さら、始めて気がつき、騒ぎ始めた。

「ちょッ！」と、朱旦那は面白くなさそうに舌打ちをした。兎《と》に角《かく》かれは探偵である。そのかれの眼《がん》前《ぜん》で、品物はたかが腰掛台には過ぎないが、巧みに掻ッ攫って行ったのであるから、当てつけられたも同じで、いまいましく、面子《メンツ》は丸潰れだし、この顚末を主人の陳忠にどう報告したものであろうかと、いささか憂鬱になった。

しかも今夜の宴会は、客が小千人近くも集るし、各方面から豪《えら》い人たちが来るので、何か得て変ったことが起り易いから、一足先へ武林の街へゆき、沈小香邸付近をそれとなく警戒していてくれという陳旦那からの吩咐《いいつけ》で、かように朱旦那は颯爽《さっそう》と乗り込んだわけだが、かれもまた、今夜は晴れの宴会、賓客の一人として招かれていたから、一層に得意であった。

それだのに出先の途中、碌でもない事件が起った。飾り屋老爺の膏薬事件は、かれと直接関係が薄いのと、先を急いでいた際なので、うわッはッはははと笑って片づけたが、床屋の腰掛台事件は、かれの探偵としての存在を無視したのであるから憤慨した。

しかし間もなく、こんな小さい憤慨など吹ッ飛ばしてしまう程な大事件が起った。幸か不幸か、朱旦那はよく世間を騒がせる事件に遭遇しては面喰って、まごまごする。犯人を逮捕した話は一向に聴かないけれども、まごついた話は相当、世間に流布している。

次に勃発した事件にしても、朱旦那が探偵になって以来の大狼狽振りを示したのであるから、大変なことになった。

二

その夜、朱旦那は酔い潰れていた。

御馳走酒を前後不覚になるまで、ハメを外《はず》して飲んでしまい、賓客たちはすべて引き揚げたが、かれ一人はなお宴会場の片隅に、額《ひたい》を床へ付着《くっつ》け、両掌《りょうて》をだらりと拡げたまま打伏《うつぶ》しに打っ倒れ、眠っていた。

そこへ耳許で、沈邸の下男や召使たちがおろおろ声で叫び立て、揺り起し、旦那様が惨殺されているから、すぐと向うの部屋へ来てくれというのだ。

お客さまは全部お引とりで、陳旦那もとっくにお立ち帰りですと、これを聞くや、朱旦那は愕然として、

「それは大変だ！」と、周囲《まわり》の人が驚く程な大声で、ふらふらッと起ち上った。

「陳旦那は戻っちゃったのか?!　ええッ?!　陳旦那は?!」

情ないことになったものだ。自分一人が取り残されている。そこへ降って湧いた惨殺事件。しかも被害者は当時、天下に権勢並ぶ者なしと云われた武林藩司、沈小香である。

暁《あけ》七つ、今の四時近い刻限で、宿酔《ふつかよい》の頭はずきずき痛むし、眠さは眠し、ともすれば朦朧《もうろう》としがちな意識を引き立てて、召使や下男に導かれ、沈小香の居間へ足をいれたが、寝台から床一面、血で染められ、何か鈍器で脳に一撃を喰ったらしい主人、沈小香は無残な姿で、床へ仰向けに倒れていた。

武林の巡検へ急が知らされ、医師が呼び迎えられ、杭州城府衙門《がもん》へ急使が向けられたので、陳忠が再び出向いて来るは知れているが、それまでに朱旦那は探偵として、一通りの取調べをしとかねばならな

い。

　被害現場である寝台の側、血溜りの中から金の腕輪が一つ発見された。

　昨夜の宴会の卓が百幾つ、一つの卓に七八人の客がつくとして、千人近い数であったが、黄金の腕輪などをする婦人客は一人もいなかった。ただ酒間《しゅかん》を斡旋するために、杭州城から選りぬきの妓女三百余人が来ていたから、あるいはこの内から所有主である容疑者を発見出来るかも知れない。

　臨検の医師も兇器が何であるか、判明しなかったが、裂傷の跡から棍棒などでないことは判った。刀や斧でなし、棒でないとすると、ただ一撃に倒したところ、余程に重量のあるものとは、脳漿《のうしょう》の迸《ほとばし》っていたので想像し得るが、現場に落ちていた腕輪の一つに、更に不審が加わった。

　妓女などに到底行い得る兇行《きょうこう》でないとすると、この腕輪の持主の外、共犯の加害者がいたと思わざるを得なくなった。

　窓が明け放しになっている。ここから加害者が這入ったか、逃出したか、その窓下には足台になるように腰掛台が置いてある。逃走の際なれば、これくらいの高さは飛びおりて行くが、腰掛台の高さから見て、部屋への侵入に用いたと見る外はない。

　燭台《しょくだい》をさしあげ、窓下の腰掛台を見ているうちに、朱旦那は、

「やッ！　床屋の腰掛台だ。ふむッ！」と、唸り始めた。

「床屋の腰掛台でございますか?!」と、巡検《じゅんけん》が妙な顔をして、朱旦那を仰いだ。

「そうだ。たしかに、それに違いない」

だが、どうしてそう断定したかということは、昨日の腰掛台騙取《へんしゅ》事件を話してはならないので、体裁の悪いことだから、以下の詳しい説明は呑み込んでしまった。

沈小香夫人の口から、主人の部屋にある手匣《てばこ》から二千余両の現金、黄金製の龍の置物、これは誕生の干支《えと》にちなんで贈られた祝品《いわいひん》であるが、この二つが盗まれていることを申し出した。

被害者が大物であるから、盗みが主であるとは思れないし、そうかと云って盗難事件は現銀共《げんぎんとも》で三四千両のものであるし、沈小香を暗殺する程の人間が、眼をくれるとは考えられない。ここでも犯行の目的を判定するに行き違いが生じていた。

夜の明け際に、朱阿生の主人、陳忠が出張して、仔細に臨検し、犯人かあるいはそれに関連ある一味が用いたと認定し得る窓下の腰掛台、その持主として床屋が呼び出された。

「へえ、これはたしかにわしのでございます。昨日、こちらの旦那が…」と、朱阿生を見ながら、言いかけるのを眼で押え、

「それで宜しい。外のことは申すな」

申されては外聞が悪いからではあるが、兎に角、窓下の腰掛台を一瞥して、すぐとこれこれの床屋の物だと認定したのであるから、さすがに朱旦那の眼のつけ所は凄いものだと、豪《えら》い評判になってしまい、大いに面目を発揮することになった。

これ許《ばか》りでない。かれは黄金の腕輪の一つを、ヒョイと昨日、来がけに出逢った杭州城中街の装身具店の老爺、膏薬事件へ結びつけて、もしやと考えて、陳旦那へソッと耳打ちをした。

ところが、何と、これがまるで作り話のように、飾り屋の老爺は、この黄金の腕輪を手にとって眺めていたが、

「いかにも、昨日、わしの店頭《てんとう》で偸《ぬす》まれた腕輪の一つに違いございません」と、申し立てたのである。

朱旦那はここでもまた、面目を施したのであった。ただ一瞥した許りで、有力な手懸りである腕輪と腰掛台の出所を言い当てたのであるから、陳忠が吃驚《びっくり》して、

「阿生！　今日はお前を見直したぜ。いつもとは調子が変って、凄い眼の利き方だ」

「いえ、なに、それ程でも！」などと、朱旦那は態《わざ》と謙遜してみせるものの、腹の内では嬉しくて仕方がない。

陳旦那から褒められることは、後にも先にもこれくらいであろうけれど、今朝がた、沈邸の下男や召使たちから呼び起され、それは大変だと跳ね上った狼狽振りなど、毛ほども見せないで、いい気に収っていた。

だが腕輪と腰掛台の所有主は判ったが、それを掻ッ攫った犯人は皆目判らない。ここへくると、いつもの朱旦那に返って、どう手をつけていいか、まごまごし始めた。

それに昨夜、沈邸へ招かれた客と、妓女たちの身許を一々洗った結果、客の側には別に変ったことは

発見し得なかったが、杭州城一と云われる歌曲の名手、美しい容姿で評判される李芙蓉《りふよう》と、同じく琵琶《びわ》弾奏《だんそう》の名妓《めいぎ》、呉綺霞《ごきか》の両人が、宴会へ出て、客たちから賞賛の拍手を浴びたことまでは判っているが、それきり行方が不明で、書院《うち》へ戻って居らない事件が発生した。

しかも李芙蓉づきの少女の話では、

「昨晩、旦那さま（沈小香をさす）がお酔いになってから、家の姐《ねえ》さんを側へ引き寄せ、お客さまが大概お戻りになっても、館へお帰し下さらないで、無理にお部屋へお連れでございました。私には、先へ書院へ立ち戻れとのお吩咐で、姐さんのことを案じてましたが、仕方なく、外のお客さまの馬車へ乗せて頂き、帰ってまいりました」

まだ、この外に意外なことは、

「ええ、その腕輪は、姐さんが大切にしている物で、昨晩も腕へはめてまいりました」

こうなると、被害現場に在った黄金の腕輪の所有主が二人となった。

一人は装身具店の老爺、もう一人は行方不明になっている名妓、李芙蓉である。芙蓉は本人が云ったわけでなく、始終側に仕えている小女の話であるが、さァ、何《いず》れが本当の持主であるか?!

事件が事件だけに、面倒になって来た。

武林藩司沈小香暗殺犯人を即刻逮捕すべしという厳命が、政府から伝達されている際であるし、愚図《ぐず》愚図《ぐず》していると、陳忠は勿論、府県知事は馘首《かくしゅ》、浙江《せっこう》巡撫は叱責左遷ということになるのであるから、朱旦那も好きな探偵を廃業することになるかも知れない。

これはかれにとり泣きたいくらいに耐らないことである。

だがいい按配に、李芙蓉づきの少女の口から、更に有力な手懸りを引き出した。

「姐さんには、堅く契った王仁卿《おうじんきょう》という方が、城内の東街《ひがしがい》にいました。これという職業のない、賭博が上手な人で！　生活費からお小遣まで、姐さんが始終貢いでいました」

これだけ聴けば、充分である。

沈小香が嫌がる李芙蓉を強いて従わせようとする。その模様を、女の身を案じて、邸内へ忍んでいた男が、激情に耐えかねて一撃の下に打ち倒した。ありそうな痴情からの犯行である。

しかし名探偵陳忠も、ここまで考えては見たが、どうもしっくりと解決のつかないとこが残ってる気がして仕方がない。第一、兇器が判らないし、琵琶の名妓、呉綺霞の行方不明はどうしたことか？　それに装身具店にせよ、床屋にせよ、騙取犯人の模様を訊いてみると、李芙蓉の情夫、王仁卿とは似ていないことが判った。

ただ王仁卿が有力な容疑者である点は、かれも矢張り沈小香惨殺事件後、杳《よう》として消息が判らないことだ。

かれは京北《きょうほく》、喜峰口外《きほうこうがい》、宣化《せんか》と承徳《しょうとく》の境、熱河《ねっか》の生れであるのが判ったので、ことによると、李芙蓉と携《たずさ》え、そこへ逃げて行ってるかも知れないと云う見込みをつけたので、兎に角、その探査に朱旦那が出かけることになった。

内外蒙古《ないがいもうこ》の入口で、塞北荒涼《そくほくこうりょう》の地である。あんまり有難くない役廻りであるが、陳旦那の吩咐なので、是非なく出発したが、すでに李芙蓉、呉綺霞の両妓女、王仁卿の人相書はそれぞれ各地に配布し、逮捕方は命令してあったから、いざと云えば、土地の官憲の手は藉《か》りることが出来た。

木から落ちた猿同然、陳忠に離れた朱旦那は心細いことこの上ないが、兎に角、途中は威張って、長旅をつづけ、熱河へと乗り込んだ。

三

熱河は蒙古へ入る大道《だいどう》の咽喉《のど》で、春から夏へかけ、内地の商人が蒙古へ売り込む品を積んで集るのであった。ごった返している。

途中、匪賊《ひぞく》に備える保鏕《ほろく》——腕のできる武芸者の一隊から駱駝《らくだ》や騾馬《らば》の隊商、何れも百数十騎が一団となって南轅北轍《なんえんほくてつ》の隊商。それ等が一遍に、七八隊も宿泊することもあって、一室に三四人が分宿しても、千人からの客と数百頭の駱駝騾馬を繋ぐ厩舎《きゅうしゃ》、その設備は広大なもので、一日に豚百頭を殺して饅頭《まんじゅう》を作るなどということも珍しくない。

数十の宿引きは、街はずれの小丘《しょうきゅう》に立ち、南を北を眺めているし、空に舞い上る砂塵《さじん》の黒煙り。馬は粛々とし、車は轔々《りんりん》として響いてくると、隊商の一団が熱河の街を目ざして繰り込んでくる。

こうした賑やかな季節には、宿泊している隊商相手の妓女や遊芸人《あそびげいにん》も入り込むが、丁度、朱旦那は一番街が繁昌している時にやって来た。

そしてようやく王仁卿の生家を突き留め、かれが街の広場で興行している百戯——曲芸団の一座に加わっているのまで判った。

金鼓《きんこ》や銅鑼《どら》、湯鑼《とうら》、笛、胡弓《こきゅう》の囃子《はやし》も賑かに、刀を呑んだり、火を吐いたり、綱渡り、曲馬《きょくば》などで客を呼んでいた。

小屋がけの中に観衆は数千、波のようにもまれながら見物している。

芸を演じている高座の下、佇《たたず》んでいる男が王仁卿だと、楽屋の者から教えられたので、朱旦那は人波をわけ、つかつかとその側により、

「王仁卿！　俺と一緒に来い！」

袖の下から捕縄《ほじょう》をちらつかして見せた。顔色を変えた男は、脱兎《だっと》の勢《いきおい》で、逃げかかったのを、矢庭《やにわ》に手首を引っ摑まえ、

「逃げようとしても逃がすものか?!　手配は整えてあるのだ。沈小香暗殺犯人として、わざわざ逮捕に出向いたものだ」

ここまでは至極順調に運んだのであるが、王仁卿が烈しい声で、

「沈小香暗殺犯人がここに居るぞ」と、叫び立てた。

うわっという観衆は総立ち、雪崩《なだれ》を打って木戸口へ殺到し、物凄い渦を巻いて、押しつ押されつ、叫《きょう》喚《かん》、悲鳴、怒罵《どば》の声。

高座の芸人の手に、さっと小さい黄龍旗《こうりゅうき》が翻《ひるがえ》った。

団長格と見える男が、今までの芸人の仮面をかなぐり捨て、厳かな調子で、

「静まれ！　立ち騒ぐでない。われ等一行はかく聖命《しょうめい》を奉じ、大犯《だいはん》逮捕のため売芸人《うりげいにん》と身を変え、罷り参じたものだ。武林藩司沈小香閣下暗殺犯人を逮捕する」

命令一下、売芸人は急に一団となり、バラバラと走って来て、王仁卿でなく、朱阿生に縄を打ってしまった。

「違う！　犯人は、そ、そいつだ！」

幾ら叫んでも相手は大勢で、打つ、蹴る、擲るで、朱旦那はさんざんな目に逢った。

「人違いだ。俺は浙江巡撫づきの偵吏陳忠の助手、朱阿生と申す者だ。そ、その王仁卿を暗殺犯人容疑者として、わざわざ逮捕に出向いたものだ。嘘だと思うなら、土地の役所に就《つい》て、配布してある人相書を取調べてくれ」

朱旦那の言葉などはてんで耳に容れぬ許りか、せせら笑って、

「われ等は土地の小役人など相手に致すものでない。かくの通り、上より御旗《みはた》を賜い、聖命を奉じてい

る者だ。云うことがあれば、その方を北京《ペキン》の衛門まで護送するから、その際に申し立てろ！」

これは海捕《かいほ》の制度で、海批《かいひ》とも云い、大犯逮捕の密令をうけ、売芸人の一座と姿を変え、観衆の中から人相書と照し合せ、それと判った犯人を発見すると、売芸の幟《のぼり》をすべて撤廃し、小さい黄龍旗を車上に押し立て、真の役柄につくのだ。聖命を奉じて偵緝《ていしゅう》する秘密な団体でこれは地方役人も手が出せなかった。

今も今、海捕の一団により、あろうことか、あるまいことか、朱旦那はとんでもない冤罪で逮捕の憂目に遭った許りか、肝腎の王仁卿を見失ってしまったのである。王仁卿が海捕の一員に加わっているのから不思議であるのに、有無を云わせず、自分へ縄を打ったかれ等が、幾ら朝廷直属の海捕にせよ、癪に触って耐らない。

どう考えても、肚《はら》の虫が収まらないのだ。それにしても、陳旦那がいてくれたならと、今更に一人で出向いて来たのが悔まれた。

ところが北京への護送途中、熱河から十余里を離れた途中で、海捕から縄を解かれ、「どこへでも勝手に行け」と、

突ッ放された。
　朱旦那はまるで狐に化されたも同じで、放々《ほうほう》の態で、陳忠の許へ立ち戻った。この海捕の一団は、黄龍旗偽物事件として、後に陳忠の手で一網打尽され、聖命を騙っただけに重く処罰された。それは後のことで、沈小香暗殺犯人は意外なところから発見された。いや犯人が自首して出た。

飾身具店と床屋の事件は、何れも犯人は別々の狐鼠泥《こそどろ》で、ただ腰掛台を騙取したのは、李芙蓉の情夫、王仁卿の賭場の仲間で、沈邸の大宴会、このどさくさ紛れに、両人して一仕事を目論《もくろ》んだわけで、沈小香の部屋へ忍び込み、現金や黄金製の龍の置物を偸んだ。

被害現場に落ちていた腕輪の一つは、李芙蓉が沈小香から無理に引きよせられた時、抜け落ちたもので、こうした機会を覗っていたのは名妓、呉綺霞で、銅製の琵琶を抱え、沈の不意を襲い、琵琶で一撃の下に打ち倒してしまったのである。

装身具店の老爺は盗まれた品の埋め合せの積りで、腕輪一つでも助かるくらいの肚から嘘を申し立て、これをせしめようとした。

李芙蓉は惨殺現場《げんじょう》を目撃し、あまりの恐怖に逃げ出したが、情夫、王仁卿の誘うままに、これ幸いと関係《かかりあい》となるを避け、かれの郷里、熱河へと手を携え、高飛びをしたのだ。

呉綺霞はかつて、父が沈小香のため、非業の最後を遂げた恨みを報いんとその機会を待っていたもので、杭州の妓女となり、琵琶を売物としていた。これは大官の宴会には、一々身の廻りをさえ検査して、邸《やしき》へ入れることを知っていたので、普通の兇器など携帯することは思いも寄らない。そこで日頃、売り込んでいる琵琶を銅製とし、これなら相手を安心せしむることも出来て、予《かね》ての念願通りに仇《あだ》を報じた。花卉《かき》人物を象嵌《ぞうがん》した数十斤の銅製琵琶、それを抱えて、呉綺霞は身を潜めていた韓九成《かんくせい》の家から自首して出た。

天底《トロコポーズ》の謎

日《ひ》ノ《の》輪《わ》壹《いち》彦《ひこ》

天底《トロコポーズ》の謎《なぞ》

不思議な患者

日ノ輪壹彦

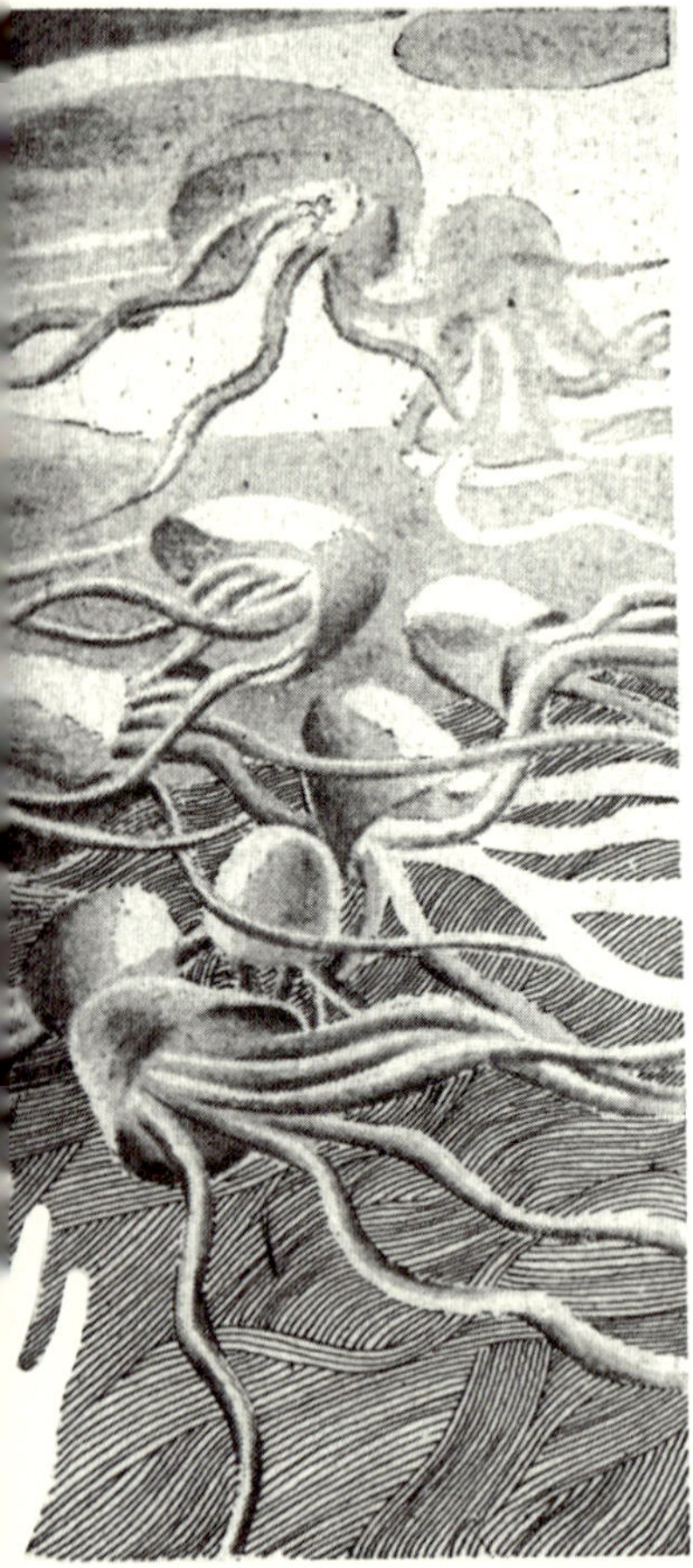

「君、君、君の研究の手助けになりそうな患者がいるんだがね、実験してみる気はないか」

親友の吉村《よしむら》医学士が、飛び込

んで来るなり嚙みつくように言うのだ。往時からのせっかちだが、精神病院の副院長として、永い間異常心理の病人ばかり取扱っているせいかどうもこの頃は一そう激しい。東京航空研究所内の私の部屋で、「航空心理研究室」。時間は十九時を二十分過

ぎて、私一人居残って居るだけだった。

「藪《やぶ》から棒に何のことだ？」

重苦しい気持ちで考え込んでいた私は、咄嗟《とっさ》に彼の言葉が呑み込めないでいると、吉村は帽子を引毟《ひきむし》るように脱ぎながら、

「君の手紙に書いてあったじゃないか。無制限に高空へ昇ると、空気圧力の低下のために人間は死ぬ、人間の達し得る高度――低圧の限度と、死に至るまでの心理的変化の研究が進捗《はかど》らないで悩んでいるとね……」

その事なら、彼の言うとおり、猿や犬を使っての実験は完了したが、これが人間の場合となるとどうなるか。私に課せられている研究題目であり、研究方法が発見出来ずに、雪隠詰《せっちんづ》めの苦しさに悩まされている難問題であった。

高々度用機、いわゆる成層圏飛行機の研究の方はずんずん進んで、現にその成果の集積は、付属工場内で、我国最初の成層圏機「ＴＳ１型機」として、ほとんど完成するばかりになっている。だが、大切な乗員に対する根本問題になると、私は全く行詰ってしまった。

この問題を無理に解決しようとすれば、低圧室――というのは、大きな冷蔵庫のような函《はこ》で、被実験者を入れて密閉し、高空《こうくう》に於けると同様に、湿度温度を自由に変えたり、空気を抜いたりして観察する実験函であるが、これに生きた人間を入れて、実際に殺して見るより他に方法が無いのである。しかし、

これは人道上考えて見ることも許されることではないのだ。

吉村学士の言葉をきいても、興味も湧かない私だったが、吉村は、

「君、グレイト・ウェスタリーとは何のことだ?」

と、突然私を驚かせる質問を放った。

「専門家でもないのに、どうしてそんな言葉を知って居る?」

私は思わず目を瞠った。

グレイト・ウェスタリーというのは、成層圏内に吹いている特殊な気流で、一年の大部分を通じ、西から東へ向け、秒速五十米《メートル》、時速百八十粁《キロ》にも達する速さで地球の周囲を流れている、乱れのない大空気流をいうので、訳語はまだ無いが「大還流」とでもいうか、吾々《われわれ》成層圏研究家の狙っている空間で、そこを飛ぶと、稀薄な空気のために抵抗は非常に減り、東京《とうきょう》――ニューヨーク七時間、東京――ロンドン十時間、というのが常識なのである。

私の説明に、吉村は何度も頷いて、

「も一つ訊くがね、トロコポーズというのを知っているかね。」

「知っているかって――知らない訳がないじゃないか。」

余り大風《おおふう》な口の利き方なので、癪に触ったが、吉村が何故、こうした言葉を口にするか、気になるので、出来るだけ簡単に説明した。

「これも適当な訳語がないが、まあ「天の底」。太陽の輻射熱《ふくしゃねつ》のために気温気象の変化を繰り返しているのが地上近くの対流圏で、これに対して、それ等の影響のない高空――今話した大還流の流れる辺《あたり》から上空を成層圏というが、この成層圏の下部の辺《あたり》を名付けた言葉だ。それにしても君はそんな言葉をどこで聞き齧《かじ》って来たんだい。」

「その患者――沖野《おきの》というアメリカ生れの第二世だがね、そいつから聞いたんだ。」

「何だって？　気違いの患者がそんなことを言うのか。」

私は始めて真正面に向き直った。

落下傘の恐怖

「序《ついで》にもう一つ驚かせようか？　君、ローゼンシュタール教授、ウィルスン大尉、ミス・オリヴィア。どうだこの三人の名を知らんかね。」

「オオ、知ってるどころか――」

私は思わず立上って叫んでしまった。すぐに私は手をのばして切抜帳の一冊を取ると、その中の写真を指し示した。飛行船に羽翼《はね》を付けたようなズングリした、四発動機付の大型機が、積雲を背にして雄《ゆう》飛《ひ》している写真である。

「米国陸軍が中心で、六年がかりで、ローイング飛行機会社で完成した三十人乗の成層圏用機で、「トコロポーザー」というんだ。これが去年、一九四〇年の三月、何回目かの試験飛行中非常な高空から墜落して、乗っていた十一人が全部惨死した。十一並んでいる肖像がその人達で、リチャード・ウィルスン大尉というのが正操縦士、アーネスト・ローゼンシュタールというのは、ロスアンゼルス大学教授で、航空心理学の大家だ。やはり、試験委員の一人としてその時死んでいるよ。」

吉村は飛行機の写真には全然興味を感じないらしく、一瞥を与えた限りだったが、その顔つきは正に満足そのもののようだった。

「その患者はね――」と、吉村は珍しく弾んだ声で話し出した。「ロスアンゼルス大学へ通っているうち、去年の始め頃、フッと一ケ月ばかり行方不明になり、今度発見された時は已《すで》に発狂――一種の精神分裂症に罹《かか》って、サンピードロ軍港の近くをウロついていたんだそうだ。場所柄ではあり、一度は陸軍刑務所へ打《ぶ》ち込まれたが、すぐに州立の精神病院へ移された。それを理髪師をやってる親父さんの依頼で、総領事が骨を折って、親戚のいる和歌山《わかやま》県へ転地療養という理由で帰されて来て、僕のところへ診察を受けに来た、という次第なんだ。それが、平常は全く普通人と変るところがなく、僕などより余程円満な常識を持っている。これが普通の精神分裂症と違って妙な点だが、ある刺戟で興奮状態を呈するとなると、外国人、イヤ、白人を見たが最後絶対に食物《しょくもつ》を摂らなくなる。白人に酷《ひど》く迫害されたためかどうか、非常な脅迫感を起すらしい。これでは向うの病院で手がつけられなかったわけだ。

僕が困って居るのは、平常も興奮時も、行方不明事件の前後のことは、絶対口にしないから、発狂の原因が掴めず、治療の対策がたてられずに今日まで手を束《つか》ねていたんだ。よくある記憶喪失か、又は他の原因か、それさえも判らない。

僕がその患者を初めて診察したのは、去年の秋の、あの日本中の祭典の時で、病院でも患者慰安の運動会をやった日だったが、その時、第一回の発作を目撃したのだ。患者は窓越しに何か見て急に様子が変った。振り返って見ると、打上げ花火から出た、武者人形を吊り下げた、小パラシュートを見て、ひどい衝動《ショック》を受けたのだね。そのことはその後何度も、子供が玩具にする紙製のパラシュートを不意に患者の眼の前で開かせて見て、実験すると、全く同じ興奮の発作を起すのだね。」

「パラシュートが発作の原因になるのか。」

私の興味は湧き起って来た。

「左様。興奮の症状というのは支離滅裂なことを叫び出すのだが、これは、あの患者の特性で、発狂したその時の状態に、今でも自分が置かれていると思い込んでいるので、発作の来るたびに患者は、過去のある一時の世界へ捉え戻されるのだ。その場合に必ず僕を誤認して、ローゼンシュタール教授と呼ぶのだよ。そして、きまって口に出すのが「グレイト・ウィスタリー」「トロコポーズ」などという、今君に質問したあの言葉なのだ。

それから彼の言葉の中にも一つ、ストレイタ……何とかいう言葉が時々出るのだ。僕はずいぶん考えたね。ところへ君の手紙だ。君の苦しんでるのは成層圏についてだと書いてある。俄然気がついたよ。ストレイタ……何とかは「ストレイタスフィア」で「成層圏」の英語だ。欣《よろこ》んだよ。君の手紙にお辞儀したよ。こうなればメ《しめ》たもんだ。成層圏のことなら君という専門家が居る、そう思うと一刻も惜しい。夜は君一人というから、却って好都合と、飛んで来たわけさ。」

吉村の説明を聴いているうちに、私は闇の中で明るい花が咲いて来るような気がした。

「その沖野という患者と、米当局が必死になって探求したが今日になってもなお一切不明の、「トロコポーザー機」墜落の秘密と、何かの連絡があるらしいとすると、僕にとっていや、立遅れた我が国の成層圏研究に対して、重大な貢献を齎《もたら》す事柄をその青年は秘めているのかも知れんことになるね。」

私はこう言いかけると、遽《にわか》に、心中何物か沸騰して来るのを覚えて急《せ》き込んだ。

「君、吉村君。何とかしてその患者は癒らないか。どうにか出来ないもんかね。」

「癒るくらいならとうの昔にやってるよ。大体、精神分裂症という奴は、一寸《ちょっと》した動機《はずみ》にケロリと完癒することもあるし、あの患者のように、インシュリン療法まで行《や》っても、何の効果も示さないのもあるんだ。」

「何だ、インシュリン療法とは？」

「毒薬インシュリンとか、カルデアゾールなどを注射して、強い痙攣を起させると、その後《あと》で嘘のように全快することがあるんだが……」

「駄目か――」

「――とも言い切れんがね……そこで君に相談というわけだが、それは、発狂した時と同一の条件環境の中に患者を置いて、その原因と想像出来る色々の刺戟をもう一度与えてみるんだ。」

「解った。君は沖野青年を僕の成層圏機に乗せようというのだね。」

「そうだ……」

「よかろう、実行してみよう。」

「そうか。僕はこれから院長の家へ行って説きつけて来る。君、君の方の手続きをすぐやってくれ。」

吉村は俄然持前のせっかちに帰ってもう帽子を冠っていた。

成層圏実験飛行

天気は上々とは行かないが、機が離陸上昇するに連れ、白茶色と薄緑色とに染め分けられた早春の飛行場が、断雲《だんうん》の間々《あいだあいだ》から洩れる陽をあびて、ずんずん小さく沈み去って行く。大型とはいえ、私達七人と実験用器具で搭乗者席は充満。私と吉村学士が各々耐圧兜《かぶと》を冠ってパラシュートを座席に、異様な風態で後向きに坐ると、二人の前の角テーブルを距てて、自動開傘の装置をしたパラシュートをもった沖野患者が向き合って坐っている。いや、これは座席に、万一の為めに帆布帯《キャンバスバンド》で縛り着けられているが、

背中の平ボタンを一撃すれば、この戒めの帯は、パラリと一度に脱け去る装置である。実験の必要から彼だけは兜を冠らせないで直《じか》に大気を呼吸して居る。両耳に受話器、胸に送話器が懸けられ、電線《コード》は二本、私と吉村の兜の中の電話器に絡《つな》がっている。私と吉村との間にも電話装置がある。二人の屈強な看護人は、沖野にピッタリ寄り添って位置し、一人は、強烈な麻酔薬を充した注射筒を手にしている。万一の万一を慮《おもんぱか》ったわけで、この他やはり耐空武装した操縦士と機関兼通信士、以上でこの奇妙な実験の準備は完了で、機は一定の上昇速度で、高高度を目指して上昇中である。

高度七〇〇で、第一の断雲層を貫《ぬ》ける頃から、私達は忙しくなって来た。

沖野青年の興奮状態は、上昇と共に層一層と激しくなり、この頃になると、全く相貌を一変して、顔色は白く艶《つや》を失い、眼は異様な光を放って来て、無軌道に喋《しゃべ》言り散らす。それを私が筆記する。その間に二人は各々の立場から被実験者の客観的状態を観察してはノートする。飛行の状況、空間の状況を書き記す。

一五〇〇を越すと、沖野青年は頻《しきり》に欠伸《あくび》を始めて、今までは帯を脱して身の自由を得ようと力限り躁《もが》いていたのが、次第に緩漫になって来た。私が驚いたことに、普通人では五、六千米から始めて現れる高空病の第一期症状が、もう彼に現れて来たのだ。

機は等速度で上昇を続けている。すると、意味のない言葉の羅列に過ぎなかった患者の饒舌《にょうぜつ》が、次第に纏《まとま》って来て、段々一つの意味を表すようになって来た。これは全く思いがけない現象だった。普通人の場合とは、ほぼ逆の進行状態だ。

サッと機の内部が暗くなった。「……中層雲の中に突入せるらし……」と私がノートした時だった。突然、馬鹿気て愉快そうな笑い声が、私の耐圧兜の中に充満した。吃驚して見ると、沖野は、堪らないように、身を揉んで笑い転《こ》けている。早くも第二期に襲う酩酊状態が来ているのだ。実際高度三一〇〇。普通人で六・七千米というところ。

「おい！　大尉《キャプテン》ウィルスン、教授《プロフェッサー》ローゼンシュタール！　聴いて居るのかい、僕の言うことを……え？」

沖野のひどい西部訛《なまり》の英語が、実に判然《はっきり》と聞えて来た。

私は〆た、と内心叫んだ。患者の眼はピタリと私等二人に注がれている。彼は私と吉村とを、すっかり二人の外人と思い込んでいるのだ。何か耳新しいことを言い出すに違いない、私の胸が期待に膨れ、そっと吉村と合図し合って、全身の注意を耳に集める。

「何とか返事をしないかい。ハハハハハ。真面目腐って二人並んで……その態《ざま》は何だい。まるで桑港《サンフランシスコ》博覧会に出て居た人造人間そっくりじゃないか。ハハハハハ。もうくだらない実験は良《い》い加減にして家へ帰してくれよ。オリヴィアが待ってる――。可愛いオリヴィア！　そうだ、オリヴィアとの約束があるからこそ、僕はこんな無意味な仕事に付き合ってやってんだぞ。ああ、オリヴィア。オリヴィア！　どう……」

吉村の、過日の話の中にあった、オリヴィアという名が始めて彼の口から出た。どうやら彼の愛人らしい、と一寸考えただけで畳込《たたみこ》んで来る沖野の言葉に、ノートを追われる。

しばらくの間《あいだ》、意味不明の歌が聞えて居たかと思うと、

「……十週間五千ドルの素晴しい報酬。それが欲しいばっかりの僕なんだ。でなくて誰がこんな……オヤ、もう約束の二万五千呎《フィート》だぞ。契約書にチャンと書いてあるはずだ。これ以上上昇すると、君等は契約違反だぞ！　判ってるか？　アッ、急に高度を上げたな。約束が違うよ、おい、ローゼン……ローゼン……ああ苦しいじゃないか。二万八千……二万八千呎《フィート》……」

層雲を上へ出て、実際の高度、四九〇〇であるのに、この記憶力減弱の症状は明らかに高空病第三期――即ち、すでに危険期に入ろうとしているのであった。

天底の生物

私は非常に心配になって来た。それは沖野の示す高空症状は、普通人に現れて来るのより非常に速いのだ。だからこのままの進行速度で症状が進んで行くと、一万米にも達しないうちに、早くも普通人で一万三四千米の、致死の限度に達することになる。

私はその考えを、吉村学士に伝えようとした、途端に、吉村の声が聞えた。重々しい英語である。

「苦しいか、ヨシムラ」

「ウム、苦しい、降してくれ。腹中のガスが膨満して息が止りそうだ。頭は割れそうだ。何でこんなに苦しめる？　これで二度目だ。僕を又この前のように殺そうというのか？」

いよいよ舌が縺《もつ》れ、言語の明晢が次第に欠けて来る。カチリとスイッチの音がして吉村学士の声が、

「満足な実験状態に這入って居ると思うが、念のため、君何か質問してみてくれ。」

と言って来た。患者は果して過去の経験を頭脳中に再現さしているものかどうか、大切な点なので、私は努めて、常人《じょうじん》の想像外のことを質問した。吉村を倣《なら》って、不手際ながら英語でやる。

「空の色を話してくれ」

「オオ、大尉ウィルスンだな。空の色はいつもと同じだ。美しい碧色《あおいろ》だった奴が、段々上昇につれ、黒い紺色になって、今では、もう、暗い暗い灰色になった。どんどん暗くなる。黒い空に、太陽ばかりギラギラ輝いているよ。眼が飛び出しそうに痛む。陽の当っている方は焼けるように熱いが、日陰は氷のように冷くなって……あ、霜だ。向うの窓の縁《へり》の白いのは霜だ。半身が焦げて、半身が凍る。もう堪えられない。頼む、勘弁してくれ……」

私はスイッチを入れ替えた。

「吉村君、完全だよ。今の言葉は、成層圏の特徴を語っているよ。僕の実験とも、先輩の報告ともピッタリ一致している。」

幻覚の正確さ（？）に私は心打たれた。確《たし》に患者は過去に於て、人類の達し得ぬくらいの高空へ昇っ

た経験を持っているに違いない。私はこの貴重な患者に全幅の信頼を寄せた。

満足そうな吉村の返事があって、続いて何か言い出しかけた時だった。突然沖野青年の様子が変った。恐怖の極限を現す両眼は窓越しに天空の一部を凝視し、身体は嵐のような戦慄を始めて、今にも締めつけた帆布帯が千切れるかと思うばかり。一人の看護人は、驚破《すは》、とばかり腰を浮かした。同時に恐しい叫びが耳を抉《えぐ》る。

「やって来た、やって来た。又あいつ等がやって来たぞ。早く逃げろ、捕ったら破滅だぞ！」

何を発見したのか？　我々は顔を慄《ぞ》っとして見合せた。

「そら、どんどん殖《ふ》える。天空の生物だ。海月《くらげ》のように、あいつ等は、空気の上層に浮んでるんだ。地球の上の果てに棲んで居る、空気よりも軽い巨大な海月。ああ、近づいて来る。この機を追って来る。何万という数だろう。あいつ等はただ浮んでいるのじゃないぞ。そら、空中海月の際限もない大きな傘が通り過ぎた。白いような、仄《ほの》かな桃色、紫《むらさき》色のような傘が又一つ通った。長い長い触手《しょくしゅ》が伸びて来た。上も下も横も、一面の怪物だ。もう逃げられやしない。ヌルヌルと何百本もの触手が機を取り巻く。あ、長い足が縮む。あッ、あぶない！　それ逃げろ。皆《みん》なパラシュートだ。飛べ、飛ぶぞ。」

半狂乱、という言葉はあるが、沖野の様子は全くの狂乱である。機内が又暗くなった。更に上層の層雲中に這入ったのだ。急に寒くなって、機は嫌な震動を起し出した。

恰《あたか》もこの時だった、待ち設けたようにあの大椿事《だいちんじ》が勃発したのは――。

機は最前から、湿度の多い雲の中に這入っていた。そして発生した致命的な翼面凍結。これがどんなに恐しいものであるか、経験者以外絶対に想像も出来ないのだ。翼前縁に付いた氷は、数十秒の後には、岩のように盛り上って、その重量と、翼面の変形のため、にわかに浮力を失って、機はほとんど墜落状態に沈下していた。続いて氷結は、プロペラーにも始った。操縦士は極端にプロペラー節《ピッチ》を操作して、氷を吹き飛ばそうとした。沖野が最後に叫んだ瞬間だった。強い衝動が私達を投げ飛ばしそうに起った。同時に境いの扉《ドア》が開いて、操縦士と機関士が転げ込んで来た。

「飛べ！　落下傘で。プロペラー脱落だ。機の横腹を突き破って、ガソリン・タンクに突きささったんだ。」

その言葉を裏書きするように、ドッと黒煙と火焰《かえん》が吹き込んで来た。操縦士は叫ぶなり、ぐったりとなった沖野に飛びついた。帯が飛び散る、彼は沖野を抱くようにして、出入口から突きおとした。

我亦《われまた》狂う？

生気に戻った時、私は病院の床《ベッド》の上にいて、吉村が傍《そば》に坐っている。生れて始めての落下傘降下で、海浜の網小屋の屋根へ落ちて、ひどく胸を打ったのだそうだ。私の他は皆無事、かすり傷位で済んだというのだが、続いて打あけられた吉村の話をきくと、私は悔恨のために再び失神するかと思われた。

それは、あの椿事以来、再び沖野狂青年の姿が見えなくなってしまったというのだ。そして浜づたいの街道近くの高圧線の鉄柱の根元に、焼け残ったパラシュートの一部分が発見されて、僅かに認められるその番号で、疑いなく沖野青年の装着したものに違いないというのだった。

私は死んでも追いつかない気持ちになった。私の行き過ぎた研究心の犠牲となって、あの発狂した青年は、最早二度とこの世に姿を現わすことはあるまい。私は悔恨の情にせめられ、心の中の合掌を一瞬の間も絶やさなかった。

いつも朝の中《うち》に見舞ってくれる吉村学士が、その日に限ってどうしたのか、夕方まで待っても来ない。私は待ちくたびれて、いつしか浅い眠に落ちていた。

フト、人声《ひとごえ》に眼をさますと、ニコニコ笑っている吉村学士の顔が眼に這入った。いつか、電燈が点いていた。私は重い口を開こうとして、思わずドアのほうに眼をやった時、恐しいものを発見して、

「アッ！」

と叫んで、上半身を跳ね起した。そこには悄然《しょんぼり》と、あの沖野青年の幽霊が立っていたのだ。私はグラグラとなって眼を閉じた。ついに私も狂ったのだ。

そこへ吉村学士の声が聞えた。

「君を驚かす心算《つもり》じゃなかったんだ。早く喜ばそうと思って……君、君、落ついて聴いてくれ。沖野君は助かったんだよ。それどころじゃない、立派に精神病が癒って、今では前途有為《うい》な青年に還っている

のだよ。沖野君の場合はね、高圧線から漏れた電流が、旧式パラシュートの麻縄を伝って、インシュリン療法などと同じ結果の、電撃療法の効果を偶然起したものらしい。警視庁の通知で、今日まで保護されていたT警察署まで迎えに行って、今その帰りだ。沖野君、これが道々話した、O理学士だよ。」

現実であろうか、まだ悪夢の続きであろうか、直《すぐ》には何の感情も湧いて来なかった。シャッターの外《はず》れた映画を見るような、思考の混乱の中に私はまだ眼を開かなかった。

その中で沖野狂……イヤ、沖野青年の英語が感激の調子で何か言っていた。

「……日本人の教養を持たないため、日本に帰っても相手にされない我々第二世の大部分は、私のように白人の娘に恋愛をして、そして馬鹿にされます。私は今度のことで、彼等の似而非《えせ》紳士の仮面の裏をハッキリ知りました。彼等の都合で作った勝手な法律のため、国籍はアメリカに在っても、僕は日本人の子に違いありません。私の、日本青年としての発足《スタート》が今日から始ります。ドクター・ヨシムラと貴下《ユー》の傍に於て……私は、私の得難い体験を土台に、故国《マザーランド》の航空界の御役に立ちます。嬉しいです…」

私は静に眼を開いて見ると、逞《たくま》しい沖野青年の顔が、思ったより近くにあった。

私はそっと手を出して青年の手を握った。

俺はもう一度、この青年の望んで得られぬ貴重な体験と、魂とを生かしたことを研究しなくてはならぬ——

私の疼《うず》く頭痛の一部が、早くも今後の方向を求めて働き出したのを私は強く自覚していた。

シュールレアリスムとメカニズムの画家・高井貞二　末永昭二（大衆小説研究家）

絵・文学・機械・海外

高井貞二《たかいていじ》は、明治四十四（一九一一）年大阪に生まれる。父周二《しゅうじ》は自動車の運転ができ、「恵美自動車商会」を経営していたが、貞二が六歳の大正六年、神戸市に移転する。周二が神戸の異人館の外国人の運転手として雇われたためで、このころの外国人との交流が、後の高井の海外進出に影響を与えている。

大正九（一九二〇）年、高野山への参詣客を運ぶ「高野山登山自動車会社」を設立する周二とともに、一家は和歌山県高野口（当時は伊都《いと》郡、現在は橋本市）に転ずる。幼児期は本を好む内向的な子であり、絵本から立川《たつかわ》文庫、そして小説へと進んで文学青年となる素地を作る一方、樺島勝一《かばしまかついち》の細密な挿絵に魅了され、自分でも絵を描くようになる。

高野口尋常小学校在学中、十歳のときに描いた「土瓶と湯呑み」という作品が和歌山県児童絵画展で一位を獲得する。高井の絵の才能に気付いた同校の西中武吉校長は、高井にフランス製のパステルを買い与え、高井が苦手とする算術の時間になると校外に連れ出してスケッチをさせ、その作品を講堂に展示した。高井初の「個展」である。高井は、このころからすでに画家を志していたという。

この西中校長は、高井の個展を開いた数年後、紀ノ川を目覚ましいスピードで泳ぐ二人の女児に注目し、ひと夏の間、大阪で本格的な指導を受けさせる。この二人が、昭和十一年のベルリンオリンピック平泳ぎ二百メートルで日本人女性初の金メダルを獲得した前畑秀子《まえはたひでこ》と、同じくベルリンオリンピック自由形四百メートルで六位入賞した小島一枝《こじまかずえ》だった。分野は違えど、三人は西中校長によって才能を開花させたと言えるだろう。そして後に高井は、新潮社の書籍で偶然、西中校長と前畑の物語の挿絵を担当したという。

中学入学の大正十二年から、高井は油絵の指導を受けるようになるが、絵と同時に、当時勃興した『文藝春秋』などの月刊誌に掲載された芥川龍之介《あくたがわりゅうのすけ》や菊池寛《きくちかん》らの新しい文学へも傾倒し、「小説ばかりむさぼり読んだ結果」中学一年を落第する。しかし、文学への憧憬はさらに強まり、蔵書を「涼風文庫」と名付けて貸し出したり、一号で終わったが同人雑誌『鬱金香《うっこんこう》』を発行したりといった文学青年へと成長し、その興味は海外文学にも及んだ。中学時代は弁論部の部長となるなど、内向的な性格は一変した。

その一方で大正十四年には、大阪の信濃橋《しなのばし》洋画研究所の夏期講習会に参加し、小出楢重《こいでならしげ》らに指導を受

昭和17（1942）年、北満国境での高井（31歳）。『北を護る兵士達』（昭和18年、愛之事業社）より

け、絵の実力も付けていっていた。

プラトン社の月刊誌『女性』と『苦楽』（ともに大正十一年創刊）に掲載された、山六郎《やまろくろう》と山名文夫《やまなあやお》の挿絵やイラストを通して、高井はオーブリー・V・ビアズレーとアール・ヌーヴォー運動を知る。

文学と美術を愛好する高井少年は、東京への憧れを募らせ、「いつの日にか東京に出て、画家として二科展に入選して、『新青年』に挿し絵を描いて暮らしたいと夢みる」ようになる。後の二科展入選も、挿絵画家としての成功も、少年時代からの既定路線だったことがわかる。絵が売れないから生活のために挿絵を描くといったネガティブな要素は、高井にはまったくない。

東京への移転は時間の問題だったが、昭和四年に中学を卒業した高井は、伯父に当たる井上長一《いのうえちょういち》が堺市に設立した「日本航空輸送研究所」の水上飛行場に倉庫係として勤務しながら、夜は信濃橋洋画研究所の正規の研究生となる。日本航空輸送研究所は、その設立の大正十一年、日本初となる堺―和歌山―徳島間の定期航空路を開業した最先端企業であり、その後身である極東航空は、戦後、全日本空輸の基礎となった。父周二の自動車会社、そして伯父の航空会社によって、高井にはメカニカルなものを指向するようになったと思われる。後に高井は、兵器として重要性を増す飛行機が正確に描ける画家として、各編集部に重用された。

二科展の若き天才

昭和五年三月、ついに上京した高井は川端洋画研究所（川端画学校の洋画部かもしれない）に入学するものの一か月もせずに辞め、二科展に向けた作品の制作に没頭する一方で、大杉《おおすぎ》栄《さかえ》らアナーキストや文化人が根城としていた南天堂書房に出入りし、東京の文化を堪能もしている。そして完成した三十号の油絵「文明」は、同年九月の第十七回二科展で入選する。十九歳での入選は二科展史上最年少で

高井の自作小説「首輪」（『新青年』昭和 13 年 4 月号）に添えられた挿絵。自画像と思われる。動物好きだった高井は、ニューヨーク時代にも犬、猫、アヒルを飼い、動物エッセイも遺している

あることも話題となり、画壇デビューは目覚ましいものだった。

この「文明」は、高井生前から所在不明であり図版でしか見ることができないが、翌年の同入選作「機械の情操」とともに、二科展入選以前に知遇を得ていた古賀春江《こがはるえ》の作品（例えば「海」昭和四年）に影響を受けたような作品だった。建築物の内部は透視され、人体の内部が機械のように描かれた作品は、高井をシュールレアリスムの影響を受けたメカニズムの画家と位置づけた。

二科展入選後、すぐに東郷青児《とうごうせいじ》と中川紀元《なかがわきげん》が企てた和製バウハウス「新造型工房」に勧誘されることから始まって、中川によって『新青年』編集長水谷準《みずたにじゅん》に紹介され、憧れの『新青年』に挿絵を描くようになる。『新青年』へのデビューは昭和六年一月号の海野十三《うんのじゅうざ》「人造人間《ロボット》殺害《せつがい》事件」なので、高井の挿絵デビューはトントン拍子に決まったようだ。こうして、高井は少年時代からの夢をほんの数か月で実現させたというわけだ。

『新青年』と同時に、『モダン日本』昭和六年一月号でも、辰野九紫《たつのきゅうし》「自己宣伝術」と陶山密《すやまみつる》「正月小犯罪集」の挿絵を描いているので、高井の挿絵画家としてのデビューは二誌同時と推定される。そしてこの二誌は、戦後の終刊に至るまで（中断はあるものの）高井の挿絵を掲載し続ける。

博文館を中心に掲載誌を拡げていった高井は、そこで出会う小説家や文化人たちとの交流は華やかなものだった。年譜を見ても、高井には大きな挫折が見当たらない。

昭和十二年、『新青年』の挿絵画家仲間である吉田貫三郎《よしだかんざぶろう》、三芳悌吉《みよしていきち》、坪内節太郎《つぼうちせつたろう》、内藤賛《ないとうさん》、茂田井《もたい》武《たけし》、田代光《たしろひかる》（後の田代素魁《そかい》）らと「新挿絵の会」を結成する。この会は昭和十六年まで何度か展覧会を開いているが、資料によって開催年や回数が異なるために、正確な活動内容は明らかでない。

アメリカに拠点を移す

三度の大陸渡航（後述）の後、高井は昭和十九年八月に召集され、終戦まで徳島の部隊で過ごした。「紙に印刷されてあれば何でも売れる」とまで言われた戦後の出版界で、高井の挿絵や表紙絵は引っ張り凧であり、書店に行くと自分が表紙を描いた雑誌が必ず数冊はあったというほどの成功を収めるが、昭和二十四年の渡仏を目前に控えた年長の友人藤田嗣治《ふじたつぐはる》に、「国際的な舞台で仕事をしたまえ」と海外渡航を勧められる。藤田の渡航の理由は戦中に戦争画を描いたことへの追及に嫌気がさしたからだが、同じように戦争画を描いていた高井にも、同じような気持ちがあったかは確認できない。

海外渡航にはさまざまな制限があった時代だが、昭和二十九年、伝手を頼ってハワイに渡り、数か月の逗留後、アメリカ本土へと向かった。

モダンアートの拠点であったニューヨークでは、ラリー・リバース、ウィレム・デ・クーニングらのアクションペインティングに衝撃を受け、「アクション・ペインティングは現代の本流や、東海道線や」（桑原住雄「高井貞二―作家登場」『みずゑ』昭和四十二年十月号）と思い、抽象表現主義に転ずる。新たな画風を確立した高井は、国際美術展、アメリカビエンナーレ展、カーネギー国際美術展などに招待出品されるという高い評価を得て、米国での地位を固める。

昭和六十一（一九八六）年歿。享年七十五。

探偵小説挿絵の寵児

高井のシュールでメカニカル、そしてエキゾチックな作風は爛熟期を迎えた探偵小説と親和性が高かった。戦前の代表作に数えられる第十九回二科展入選作「感情の遊離」（昭和七年）は、犯罪に関するものは何一つ描かれていないにもかかわらず、いわゆる探偵趣味を感じさせることに成功している。細いペンによる線画はビアズレー的になりがちだが、高井の線は一目でそれとわかる個性を持っている。絵にはしばしば文字が書き込まれており、「描かれた対象」と「意味」に意図的なズレを産む。この手法は、ルネ・マグリットの「イメージの裏切り」（一九二九／昭和四年）に書き込まれた「これはパイプではない」あたりの影響かもしれない。

思わせぶりな文字は探偵小説の挿絵として効果的だ。特に海野十三の科学小説との組み合わせは多く、単行本『俘囚《ふしゅう》』（昭和十年、黒白書房）の装丁、「軍用鼠《ぐんようそ》」（『新青年』昭和十二年四月号挿絵と昭和十二年古今荘刊行の同題単行本の装丁）、単行本『地球発狂事件』（昭和二十一年労働文化社）の装丁といった例があるが、本書では次の三作を選んだ。

■**小栗虫太郎「紅毛傾城」**

『新青年』昭和十年十月号（第十六巻第十二号）掲載。

昭和九年、大作「黒死館殺人事件」を『新青年』に連載した小栗虫太郎《おぐりむしたろう》は、「黒死館殺人事件」以降の自作に「新伝奇小説」と銘打ち、探偵小説からの脱却を図った。九鬼澹《くきたん》によるとされる訪問記「作家訪問記　その2　負傷したコザック騎兵（小栗虫太郎氏の巻）」（『ぷろふいる』昭和十一年七月号）で小栗が探偵小説よりも「もつと大衆的、新鮮なもの」と規定した新伝奇小説は、具体的には後に発表される「二十世紀鉄仮面」（『新青年』昭和十一年五〜九月号）や「青い鷺」（『ぷろふいる』昭和十一年十一月号〜十二年四月号）といった、スケールやストーリーの起伏が大きいものを指すようだ。

角書こそないが、新伝奇小説として数えられる本作は、

海野十三『俘囚』（昭和10年、黒白書房）

海野十三『地球発狂事件』（昭和21年、労働文化社）

十八世紀、千島列島中部に位置する羅処和島《らしょわ》に岩城《いわしろ》を築く海賊三姉弟のもとに流れ着いた緑の体毛を持つ白人女フローラをめぐる奇談。緑の髪を立兵庫《たてひょうご》に結い、花魁《おいらん》の太夫姿になるフローラという、飛び切りの異様さを筆頭に、悪疫、錯覚、毒物、黄金郷《エル・ドラード》、父親殺し、レズビアニズムといった、いかにも小栗好みな記号がちりばめられた作品は、探偵小説的論理を超えたイメージの奔流であり、それを飾る挿絵はこれしかない。

■式場隆三郎「トーチカ・クラブ」

『新青年』昭和十三年三月号（第十九巻第四号）掲載。

式場隆三郎《しきばりゅうざぶろう》といえば、「裸の大将」山下清《やましたきよし》の才能を発見した精神科医、奇書『二笑亭綺譚』（昭和十四年、昭森社）の著者として著名で、戦前から医学エッセイや医療啓蒙記事を大量に発表している。

本作は、式場としては珍しい探偵小説の創作作品で、式場の専門分野のひとつである薬物による意識の拡大、いわゆるサイケデリック体験をテーマとしている。高井は薬品の影響を受けたシーンだけをシュールな線画で描き、その他の場面のダークさとの対比でトリップ感を表現する。シュールレアリストである高井の面目躍如たるものがある。

ロシア語で「点」を表す「トーチカ」とは、日本語では「特火点《とっかてん》」と呼ばれる比較的小規模な鉄筋コンクリート製の防御陣地のことで、本作発表の前年の日中戦争でおおいに日本軍を悩ませ、本作にも登場する「トーチカ心臓」（鉄面皮なこと）といった流行語にもなっている。

「地上楽園」は、本文でも言及されているとおりウィリアム・モリスの理想郷（ユートピア）に基づくもので間違いなかろう。ラスキン文庫とは、昭和九年に御木本隆三《みきもとりゅうぞう》が設立したジョン・ラスキンに関する私設図書館で、赤字続きにより昭和十四年には破綻する（現在の同文庫は後に復活したもの）。本作掲載時、「失敗」はリアルタイムで進行中だった。御木本隆三の父親は真珠王、御木本幸吉《こうきち》であり、ラスキン文庫の失敗による隆三の負債は幸吉が肩代わりしていることから、本作が御木本隆三をヒントとしていることが推察される。さらに「英国の陶工リーチ」とは、バーナード・リーチのこと。これらを結び付けるのは「民芸運動」である。式場自身白樺派であり、リーチや柳宗悦《やなぎむねゆき》とも親交があった。探偵小説ではあるが、民芸運動の人間関係が透けて見えるところが興味深い。

■日ノ輪壹彦「天底《トロコポーズ》の謎」
『新青年』昭和十六年四月号（第二十二巻第四号）掲載。

日ノ輪壹彦は経歴不明の作家で、「ひのわいちひこ」という読みも便宜的なものである。『新青年』昭和十四年九月号に「懸賞当選作」として掲載された「海荒《しけ》を怖がる船長」（挿絵は三浦たつ子）でデビュー、『新青年』には最終作となる本作を含め六作を掲載。ほかに「真珠湾」（『読切雑誌』昭和十七年十二月号）と初出不明の「泳ぐ機械水雷」（大井忠《おおいただし》編『傑作スパイ小説集』昭和十六年十月、啓徳社出版部所収）がある。いずれも「海と空」を題材にした作品であることが特徴と言える。

タイトルは、掲載誌では「天底の謎《トロポーズ》」とされており、本文中にもいくつか「トコロポーズ」とあったが、実際は「トロポポーズ（tropopause）」である。現在は「対流圏界面」と訳されるトロポポーズとすべきだが、本文中に「トロコポーズ」も混在しているので、日ノ輪は「トロコポーズ」と読んでいると判断した。

会津信吾《あいづしんご》氏より、本作の中心アイデアはコナン・ドイルの「大空の恐怖（*The Horror of the Heights*）」（一九一三／大正二年）であるとご指摘いただいた。米国本土攻撃に必要な最新の成層圏飛行とクラシックな高空の怪生物を結び付けたというわけだ。

女性像とリリシズム

都会的でスマートな女性像は、高井の得意とするところだった。時代時代のスタイルブックから抜け出したような女性像は、女性誌あるいは女性向けの小説に多く描かれ、戦後は前項の細密なペン画より、こういう画風のほうが多くなった。

■蘭郁二郎「黄色いスイートピー」

『新青年』昭和十三年七月号（第十九巻十一号）掲載。

若くして戦死（享年三十一）した蘭郁二郎《らんいくじろう》の軽いミステリではあるが、しっかりと意外な結末が用意されている佳編である。

蘭の代表作とされる「脳波操縦士」（『科学ペン』昭和十三年九月号）とほぼ同時期に発表された本作も、温室と美少女という共通テーマを持つ。本作の比沙子と「脳波操縦士」のルミの服装は同じであり、この両作は対になるものと考えていいだろう。併読をおすすめする。

■久山千代子「当世やくざ渡世」

■久山秀子「地下鉄サム」

前者は久山千代子《ひさやまちよこ》名義だが、どちらも久山秀子《ひでこ》の作品である。久山秀子とは、大正十四年から『新青年』などに掲載された「隼《はやぶさ》お秀《ひで》シリーズ」の主人公であり、作者である。つまり、浅草を根城とする久山秀子という女掏摸《すり》が、自らの冒険譚を小説に仕立てて発表しているというていのシリーズなのである。『新青年』昭和九年二月号（第十五巻第二号）に掲載された「当世やくざ渡世」は、秀子の妹である千代子を語り手として姉を描いているので、当然、作者名は久山千代子である。

千代子名義としては「どうもいいお天気ねえ」（『文芸倶楽部』昭和二年五月号）、そして、隼お秀をつけ狙う刑事、富田達観《とみたたっかん》名義の「川柳　殺さぬ人殺し」（『探偵趣味』大正十五年七月号）まであるには恐れ入る。久山作品は一種のスターシステムを採っており、各登場人物がそれぞれ語り手／作者となっていく。

さらに驚くことは、久山秀子は男性だったのである。デビュー直後から作者は男性であるとささやかれていたものの、著者近影に誰ともわからない女性の顔写真を載せたり、アンケートの類にもすべて女性の語り口調で通したりと、徹底的に韜晦《とうかい》していた真の作者は片山襄《かたやまのぼる》（横井司《よこいつかさ》によると時期は不明だが小説家デビュー前には芳村升《よしむらのぼる》と改名している）。デビュー時は立正大学講師、後に海軍で国語の教官となり、戦後は鹿児島ラ・サール高等学校講師、晩年は天理教の教会長だった。

久山秀子（芳村升）のほとんどの作品は横井司編『久山秀子探偵小説選I～IV』（平成十六～十八年、論創社）で読むことができる。本書では、同シリーズ未収録の「地下鉄サム」を採った。既刊『挿絵叢書4　横山隆一』にも「師父ブラウン」（水谷準）を収録した名探偵パスティーシュ集の一編で、掏摸である久山秀子に、ニューヨークの腕利き掏摸「地下鉄サム」の物語を書かせるという趣向。「地下鉄サム（Thubway Tham）」は、カナダ生まれの米国人作家マッカレー（Johnston McCulley）が一九一六年ごろに登場させたシリーズキャラクター。マッカレーの作品としては「快傑ゾロ（*Zorro*）」（一九二四年）が日本ではよく知られている。

科学小説で「未来」を描く

■海野十三「十八時の音楽浴」

メカニズムの画家とされていた高井に科学小説の挿絵、特に海野十三とのコンビが多いのは当然だろう。本書では、海野十三の代表作、というより戦前の科学小説の金字塔の一つである「十八時の音楽浴」(『モダン日本』昭和十二年四月臨時増刊号、第八巻第五号)を採った。

遠い未来の地底都市国家。独裁者と科学者の対立を軸に、人体改造、人造人間、火星人の襲来といったガジェットを盛り込んだ古典的作品。ディストピア的展開も含めて、現代の目で見れば古臭く感じるかもしれないが、古典とはそういうものだ。

本作は海野の代表作として、何度も装いを改めて刊行されているので、作品の入手は容易だろう。

日本の日常を描く

シュールレアリスムやメカニズムばかりが高井作品ではない。例えば、日本人の日常を描いた挿絵では、これらの特徴はほどよく抑えられている。

■大阪圭吉「隆鼻術」

『名作』昭和十四年九月号（巻号表示なしの創刊号）掲載。『名作』は博文館発行の小型小説雑誌で、『新青年』の弟分的な位置を占める。号数を見ると月刊ではなく、不定期に刊行されているようだ。

大阪圭吉《おおさかけいきち》は、近年再評価が進み、代表作はほぼすべて読めるようになったが、それらの刊本から漏れたものとして本作を採った。大阪は緻密で端正な本格探偵小説で人気の作家だが、本作のような軽いユーモア探偵小説も多く遺している。

■竹村猛児「蜘蛛と聴診器」

『新青年』昭和十四年八月号（第二十巻第十号）に掲載。

これも和風テイストの挿絵の例として収録したが、さらに怪奇味も加わっている。一八八ページの大胆な構図と不気味さは、不定形の画面とあいまって、ページをめくった途端、読者の度肝を抜く。

竹村猛児《たけむらたけじ》の作品は、これまでいくつかのアンソロジーでアンコールされてきたが、その経歴は明らかではなかった。平成二十六年に刊行されたアンソロジー『霊を知る』（一柳廣孝ら編、蒼丘書林）に収録された竹村の「人の居ないエレヴエーター」の会津信吾による解説では、竹村が明治三十七（一九〇四）年、千葉県生まれの小児科医で、東京に医院を持ち、昭和二十（一九四五）年に歿していることなどが明らかになっている。その解説にも記載されている市原善衛の「竹村猛児に寄せて」（『成田史談』

四十九、五十合併号、平成十六年十二月）は、郷土作家としての竹村を扱った研究で、竹村が漫画や版画を能くし、自著を自装するだけでなく、昭和十四年には挿絵画家として阿部《あべ》静枝《しずえ》の新聞小説に挿絵を描いていたこと、また、影絵アニメーション映画を制作していることが記されている。映画のタイトルとしては、『鉤《かぎ》を失つた山彦』（昭和十一年）、『蜘蛛と頼光』（昭和十三年）、『素鳴戔《（ママ）》尊』、『日本武尊』（ともに昭和十六年）があり、前二者は神戸映画資料館に所蔵されている。この項についても会津氏のご教示を仰いだ。

「蜘蛛と聴診器」は、単行本（昭和十七年、大元社）の表題作ともなっている、竹村の代表作の一つ。登場人物は小鳥を飼っているが、小鳥の飼育も竹村の趣味の一つだった。

支那風俗への理解

高井は、三度大陸へ渡っている。第一回は武漢作戦中の昭和十三年、従軍画家として上海、蘇州、南京、九江、廬山、漢口、武漢、杭州などを回り、その成果を『中支風土記』（昭和十四年、大東出版社）にまとめた。

二回目は翌十四年の満州（ハルビン）への写生旅行。そして三回目は昭和十七年、従軍画家として極寒の北満国境を訪れ、関東軍の大演習を見る。この旅の成果は『北を護る兵士達』（昭和十八年、愛之事業社）としてまとめられた。

最初の従軍以来、支那風俗に詳しい画家として、中国系の作品の挿絵を描くことが多くなったようだ。代表的な作品として、山本和夫の『支那のこども』（昭和十六年、小学館）という絵本がある。

■米田祐太郎「杭州城殺人事件」

『新青年』昭和十五年一月号（第二十一巻第一号）掲載。

米田《よねだ》祐太郎《ゆうたろう》というより、米田華舡《かこう》というペンネームのほうが通りがいいだろう。東京外語大学の支那語科を卒業した中国通の文筆家で、南沢十七《みなみざわじゅうしち》の伯父であり、南沢との共著書もある。ウェブサイト「斗酒庵茶房」（http://charlie-zhang.music.coocan.jp/）内の「米田祐太郎著作目録」は非常に詳細な米田研究である。

米田は大正後期に小説家としてデビューし、『秘密探偵雑誌』や『探偵文芸』、『新青年』などに米田華舡名義で作品を発表したが、もともと小説は生活のためであり、本業の支那風俗研究が主であった。

その米田が突然本名で『新青年』に再デビューしたのが、昭和十四年九月号の「金扇殺人事件」という実話もので、高井が挿絵を担当した。同年十二月号の「紅指紋《べにしもん》失踪事件」で、シリーズキャラクター朱《しゅ》阿生《あせい》と陳忠《ちんちゅう》が登場する。次の本作「杭州城殺人事件」、昭和十五年三月号の「雷神」（挿絵は古沢岩美《ふるさわいわみ》）、『名作』同年五月号の「葡萄棚事件」、『新青年』同年九月号の「鶏」（挿絵は村上巌《むらかみいわお》）が確認できた。

たった五作だが、昭和十四〜十五年に朱旦那と陳忠のコンビ探偵シリーズがあったことは、もっと知られていいだろう。

いずれもユーモア探偵小説で、陳中がドジを踏んだところを朱旦那が助けるというパターンだが、探偵小説としての結構は整っている。

《参考文献》

高井について、主として以下の文献を参照した。

高井貞二『あの日あの頃』昭和五十四年、青蛙房
桑原住雄「高井貞二—作家登場」『みずゑ』昭和四十二年十月号
和歌山県立近代美術館編「高井貞二展」昭和五十二年、同館刊
仲田耕三「美術人国記　和歌山県」『三彩』昭和五十八年六月号
仲田耕三「高井貞一の画業について」『徳島県立近代美術館研究紀要』第一号、平成五年

初出一覧

目次カット　『新青年』昭和十五年一月増刊号より反転加工
当世やくざ渡世　『新青年』昭和九年二月号
地下鉄サム　『モダン日本』昭和九年五月号
紅毛傾城　『新青年』昭和十年十月号
十八時の音楽浴　『モダン日本』昭和十二年四月号
トーチカ・クラブ　『新青年』昭和十三年三月号
黄色いスイートピー　『新青年』昭和十三年七月号
隆鼻術　『名作』昭和十四年九月号
蜘蛛と聴診器　『新青年』昭和十四年八月号
杭州城殺人事件　『新青年』昭和十五年一月号
天底の謎　『新青年』昭和十六年四月号

底本は初出誌です。本文中、今日では差別表現につながりかねない表記がありますが、作品が描かれた時代背景、作品の文学性と芸術性、そして著者が差別的意図で使用していないことなどを考慮し、底本のままといたしました。

◆編者紹介◆

末永昭二（スエナガ・ショウジ）
一九六四年、福岡生まれ。大衆小説研究家。立命館大学文学部卒。『新青年』研究会に所属。著書に、『貸本小説』（アスペクト）など。

協　力　　森野照子

挿絵叢書5　高井貞二《たかいていじ》

2018年3月1日　初版発行
定価　2800円＋税

編　者　末永昭二
カバーデザイン　小林義郎

発行所　株式会社　皓星社
発行者　晴山生菜
編　集　谷川　茂

〒101-0051　東京都千代田区神田神保町3-10
電話 03-6272-9330　FAX 03-6272-9921
URL http://www.libro-koseisha.co.jp/
E-mail info@libro-koseisha.co.jp

組版　米村緑（アジュール）
印刷・製本　精文堂印刷株式会社

落丁・乱丁本はお取替えいたします。

ISBN 978-4-7744-0650-3 C0093

挿絵叢書の好評既刊

挿絵叢書 1

末永昭二編『竹中英太郎(一) 怪奇』

竹中英太郎が描いた珠玉の挿絵とともに、
昭和初期の怪奇小説を読む。

46 判、並製、240 頁、定価1800円＋税
ISBN 978-4-7744-0613-8 C0093

挿絵叢書 2

末永昭二編『竹中英太郎(二) 推理』

貴重な『探偵趣味』の表紙を巻頭カラーで紹
介。100枚以上の挿絵とともに推理小説を読む。

46 判、並製、300 頁、定価2300円＋税
ISBN 978-4-7744-0616-9 C0093

挿絵叢書 3

末永昭二編『竹中英太郎(三) エロ・グロ・ナンセンス』

「あの作家のこの作品で竹中が挿絵を？」と思
うような小説を集め、竹中の新たな魅力に迫る。

46 判、並製、256 頁、定価1800円＋税
ISBN 978-4-7744-0624-4 C0093

挿絵叢書 4

末永昭二編『横山隆一』

「フクちゃん」だけじゃない！
挿絵の横山ワールド、再発見の旅へ!!

46判、仮フランス装、270頁、定価2800円＋税
ISBN 978-4-7744-0640-4 C0093

ennes